Die Madonna von Sorata

Chroniken indigener LGBTIQ+ aus Bolivien

von Edson Hurtado

aus dem bolivianischen Spanisch übersetzt von Swintha Danielsen

Impressum

Zeichnungen im Buch von Abel Bellido (Abecor).

Fotografie auf dem Cover von Satori Gigie.

Edson Hurtado. 2024. *Die Madonna von Sorata. Chroniken indigener LGBTIQ+ aus Bolivien.* Übersetzung ins Deutsche von Swintha Danielsen.
Verlag: BoD · Books on Demand GmbH, In de Tarpen 42, 22848 Norderstedt
Druck: Libri Plureos GmbH, Friedensallee 273, 22763 Hamburg

ISBN: 978-3-7597-7710-2

Das Original ist 2015 in Bolivien erschienen unter dem Titel *La Madonna de Sorata. Crónicas sobre indígenas homosexuales en Bolivia.*

Inhaltsverzeichnis

Vorworte

... der Übersetzerin

Dies ist das zweite Buch von Edson Hurtado, das ich übersetze – das erste habe ich mit meiner Kollegin und Freundin Elif Yücel zusammen übersetzt: *Gay sein in Zeiten des Evo Morales* (2016). Obwohl ich der Meinung war, dass das zunächst das wichtigste Buch war, wenn man sich zu LGBTIQ-Geschichte und -Bewegungen in Bolivien informieren will, kribbelte es mir damals schon in den Fingern, endlich die *Madonna* zu übersetzen. Denn in diesem Buch vereinen sich Edsons und meine Erfahrungswelten: LGBTIQ auf der einen Seite und die indigene Welt der bolivianischen Dörfer auf der anderen. Bolivien ist ein sehr besonderes Land. Es ist plurinational, d.h. es leben hier zahlreiche verschiedene ethnische Gruppen, dabei auch durchaus neu entstandene und sich neu identifizierende, so dass das Thema Identität einen ganz besonderen Geschmack bekommt. Das Land ist so divers wie seine Bevölkerung: von beinahe 7000 m Höhe in den Anden bis ins (mir mehr vertraute) Amazonien, das sich fast auf Meereshöhe befindet. Eine interne Diversität leben und dazwischen sein zu dürfen, ist für mich in Bolivien seit 2003 eine sehr bunte Erfahrung. Hier sind eigentlich wirklich viele Wege offen, die man gehen könnte... andererseits ist das die Freiheit, die ich von außen empfinde, die aber Menschen aus spezifischen Dörfern wieder nicht unbedingt so erleben. Sie haben ganz andere Erfahrungen, und das wollte Edson in seiner Studie herausfinden. Während ich die Sprachen in Boliviens Tiefland erforsche und auch alle möglichen kleinen Geschichten von Menschen gesammelt habe, die mir sehr ans Herz gewachsen sind, zog Edson unterstützt von einer NGO durchs ganze Land, um seiner

Fragestellung nachzugehen, bis in sehr kleine abgelegene Dörfer, und lernte Menschen und deren Geschichten kennen. Daraus entstand nicht nur seine Studie zu LGBTIQ unter Indigenen Boliviens, die hier im Anhang auch in Übersetzung vorliegt, sondern gleichzeitig schrieb der versierte Journalist und Autor auch die persönlichen Geschichten als Prosatexte auf. Dazu kamen Illustrationen eines Künstlers aus La Paz und so wurde *La Madonna de Sorata* 2014 das erste Mal publiziert. Inzwischen ist in Argentinien (2023) die 4. Auflage in Spanisch erschienen und das Buch wird nicht nur auf Deutsch, sondern auch Brasilianisch und Französisch übersetzt. Edson ist zum einen der wichtigste und bekannteste Gay-Aktivist Boliviens, zum anderen ist die *Madonna* auch definitiv das erste Buch und die erste Studie, die sich mit dem Thema aus einer indigenen Perspektive nähert. Seine gesammelten Geschichten zeigen, dass es nicht nur schwarz und weiß ist, auch nicht nur Mann oder Frau sein oder so oder so leben – es sind noch viele andere Werte, die eine Rolle spielen und die bunte Welt kann mal so und mal so erklärt oder erzählt werden. Edsons Buch zeigt, wie eben alles verwoben ist und nicht nur so einfach beschrieben werden kann.

... von Roberto Navia Gabriel

Hier kommt der, der sie in die Welt der Lebenden zurückbringt

Letzten Endes musste es jemand schreiben und wir in Bolivien haben Glück, dass dieser jemand Edson Hurtado war. Was ich hier gelesen habe, ist ein Text, der zuweilen Flügel hat und fliegt und sich gleichzeitig wie eine Katze durch das Innere des indigenen Boliviens bewegt, wie wir es noch nie gesehen haben. Edson Hurtado wagt es sich einzumischen – und das macht er sehr kunstvoll – in das Sexualleben von Menschen in kleinen Dörfern hoch in den bolivianischen Bergen, im heißen Sand des nördlichen Chaco und im aufregenden Amazonien. Dort überall wohnen die Nachfahren derer, die noch nie in so dünnen Tüchern gezeigt wurden.

Dies ist ein Buch über indigene Homosexuelle in Bolivien und für manche Puritaner mag es auch wie eine Art zeitgenössischer „Wagemut" erscheinen. Aber es ist ganz egal, wie Sie es sehen oder was Sie von diesem wichtigen Werk über die Tiefen Boliviens halten, und es wird für den Autor nicht nötig sein, es mit griechischer Weisheit zu verteidigen, denn *Die Madonna von Sorata*, so wie sie geschrieben ist, mit der Strenge eines Forschungsberichts und der Schönheit einer Sachbuch-Chronik, kann allein um die Welt reisen, sicher, dass sie eine Spur des Erstaunens am Horizont derjenigen hinterlassen wird, die es zu lesen wagen.

All ihre Seiten arbeiten zielstrebig und zuverlässig an einem unausgesprochenen Beitrag: der Welt zu zeigen, dass ethnische Gruppen, so wie alle menschlichen Gruppen, auch sexuelle Vielfalten beherbergen, die, wenn sie einige Einwohner*innen oder

Dorfoberhäupter bemerken, – Sie werden sehen – Reaktionen hervorrufen können, die sich anfühlen, als würde eine Schlange oder ein Schmetterling an Ihrem Bauch vorbeischleichen. Manchmal ist es ein schmerzvolles Abenteuer, in ein Buch einzutauchen, das definitiv unerlässlich ist, um die Tabus zu brechen, die bisher im heiligen Brachland einer vermeintlich unbekannten Welt in zeitlosen Orten verborgen zu sein schienen.

Edson hat das Talent, den Helden seiner Geschichten das Selbstvertrauen zu geben, das zu tun, was jeder Chronist sich wünscht: die Türen zu ihren Geheimnissen zu öffnen, auf dass sie weinen und lachen mit der Kraft eines Gläubigen und mit ihren Augen bestätigen, was sie mit Worten ausdrücken wollen.

Darum sehe ich diesen Schriftsteller vor mir, wie er auf seinem Spaziergang mit dem Prophetenstab dorthin gelangt, wo er nicht gerufen wurde, wo die Menschen sind, die mit ihrer Wahrheit im Halse schon längst auf das Wunder warten: auf die Ankunft des leidenschaftlichen Chronisten, dem sie anonym ihr Lebens schildern können, eben so wie es der geflügelte schwarze Engel in der griechischen Mythologie tat, um die Toten aus ihren Schlachten zu retten und in die Welt der Lebenden zurückzubringen. Wie Hintergrundmusik werden Sie beim Weiterlesen des Buches das Kreischen der Vögel und die Schritte des Wildschweins hören oder den leisen Atem des Rehs und die flötenden Stimmen der Papageien. Aber Sie werden auch bemerken, was über die Kraft der Geschichten und solche Details hinausgeht, dass sie nämlich einen Schatz in den Händen halten, der Daten und Zeugnisse liefert, die mit der Expertise eines Reporters in den Schlachten des Lebens gesammelt wurden.

Dieser hochgewachsene Schriftsteller ist erwiesenermaßen mit seinem Notizbuch in der Hand dorthin gereist, wo jene Menschen leben und sterben, die er später mit seiner unbeschwerten Feder beschreiben wird, mit all dem Guten und Schlechten eines Liebesfilms, der gleichzeitig ein Horrorfilm sein kann. Geduldig wie der Dalai Lama hat er ihnen zugehört und sich angesehen, was er sodann, ohne zu beleidigen, langsamen Schrittes verewigt und in ein Kunstwerk verwandelt.

Die *Madonna von Sorata* schärft ihre Sinne, um vielleicht eine sexuelle Revolution mitten auf dem Höhepunkt mitzuerleben, in der einige ihrer Darsteller Dinge auszusprechen wagen, die möglicherweise Gläser zerspringen lassen können, deren Zerbarsten diejenigen weckt, die für gewöhnlich lieber mit den Händen auf den Ohren schlafen.

Einer ihrer Akteure sagt es kurz und deutlich: „La Paz ist eine mysteriöse Stadt, aber vor allem auch sehr schwulenfreundlich. Es gibt viele Menschen und Orte, die Homosexuelle willkommen heißen, aber irgendwie läuft das geheim ab."

Und dies ist nur der erste Happen einer Speisekarte, die einige beeindruckende Einblicke in die indigene Welt und ihre surrealen Geschichten rund um Sex bietet. Eine latente Erzählung aus verschiedenen Ecken des Landes, von frechem Wahrheitsjournalismus bis hin zu poetischer Literatur: zwei sehr menschliche Fähigkeiten, die Edson Hurtado die nützlichen Werkzeuge an die Hand geben, den reflektierenden Blick durch die Ästhetik seiner Erzählung darauf zu richten, dass weder richtig Mann noch Frau zu sein, mancherorts einen Makel bedeuten kann, den man nichtmal mit Blut entfernen kann.

Dieses Buch ist eine Reise durch die verschiedenen Schauplätze Boliviens. Es ist ein brutales Eintauchen, zum Beispiel in eine Stadt der Bergarbeiter oder eine andere, in der afrikanische Nachkommen leben, wo irgendein schwuler Junge stillschweigend seinen eigenen Unterschied mit Koka wegkaut. Dieses Buch ist also nicht nur ein Buch über indigene Homosexuelle in Bolivien. Es ist ein vollkommen menschliches Werk, das das Elend und die verborgenen Juwelen der Großmutter aufdeckt, die Schatten und Lichter eines Landes, das am Tag gebaut wird und in der Nacht zusammenbricht, die Übel und Wohlwollen, die die Menschen zu wahren Göttern oder Dämonen machen.

Während ich diesen Prolog schreibe, stelle ich fest, dass Edson eine Spur verfolgt hat, die sich meiner Meinung nach wie eine süße Kabbala entwickelt hat. 2007 veröffentlichte er sein erstes Buch *De sábanas y otras decepciones* („Über Bettlaken und andere Enttäuschungen"). Und er tat das selbstständig und im Eigenverlag, nachdem er von einem Verlag abgelehnt wurde. Jahre sind vergangen und sieben Bücher sind unter seiner Feder entstanden, die auch mit vollen Segeln veröffentlicht wurden, eine wahre Ehre für die Literatur und sein Engagement für andere, die ohne es zu wissen darauf warten, dass Edson Hurtado an ihre Tür anklopft, um im Stillen den schlimmsten Qualen und Freuden zuzuhören.

Roberto Navia Gabriel

Internationaler Journalistenpreis des Königs von Spanien, 2014

Santa Cruz, 14. März 2015

Die Eigennamen sowie einige geografische Orte wurden geändert oder umgeschrieben, um die Sicherheit und Integrität der Protagonisten dieser Geschichten zu schützen.

Der seltsame Fall des Jungen, der seine Schwester aufgegessen hat

Das Geheimnis

Die Nacht im bolivianischen Amazonien ist gefüllt von seltsamen Geräuschen, nachtaktiven Tieren und ungewöhnlichen Legenden. Jedes Geräusch, das sich zwischen den Ästen versteckt, jedes Licht, das von den Augen der im Schatten verborgenen Kreaturen reflektiert wird, ist Warnung oder Glücksbringer, je nachdem, ob man fremd oder von dort ist. Unter den großen Baumkronen zu spazieren, den einen und den anderen Stern zu erblicken oder sich hinzusetzen, um dem Wasser zu lauschen, das fast das ganze Jahr durch die Bäche fließt, bedeutet, mitten auf der Erde zu sein, wo alles geboren wurde und wo alles so oder so sterben muss.

San Ignacio de Moxos ist die letzte Jesuitenmission, die 1689 von den Missionaren Antonio de Orellana, Juan de Espejo und Alvaro de Mendoza gegründet wurde. Sie wurde als „die größte und geräumigste der Missionen" konzipiert und liegt etwa 56 Kilometer von Trinidad entfernt, der Hauptstadt des Departments Beni, im Norden Boliviens.

> Hier wurde versucht, die Utopie nach dem Vorbild der Gottesstadt des Heiligen Augustinus nachzuahmen, die mitten auf dem südamerikanischen Kontinent inmitten des Dschungels, Tausende von Kilometern von der afrikanischen Szene entfernt, wo der Heilige einen Grundstein der westlichen christlichen Philosophie legte. San Ignacio begründet einen autonomen Raum, in dem die indigene Gesellschaft von Europäern neu ausgerichtet wird, ohne dabei ihre indigenen Organisationselemente zu verlieren [...] (Mesa Gisbert 2013: 32).

Diese Tatsache hat zweifellos den Lauf der Geschichte dieser im Amazonas-Dschungel eingebetteten Gruppen bestimmt, die heute ein fast intaktes kulturelles Erbe genießen, das durch die spanischen Eroberer und den Lauf der Zeit nur wenig umgeformt wurde.

Ein kleines Stück weiter hinter San Ignacio, ein morgendlicher Ausflug bei trockenem Wetter, befindet sich der Ort El Desengaño. Dort wurde Alfonso Jare Maimo geboren, nach den großen Überschwemmungen, die durch das El-Niño-Phänomen in den 1990er Jahren verursacht wurden. Seine Eltern, Jäger und Sammler, reisten unzählige Male durch die Gegend, bis sie sich schließlich an diesem Ort niederließen. Dort bauten sie sich ein Zuhause und versuchten trotz Naturkatastrophen und rücksichtslosem Handel mit der zivilisierten

Welt zu überleben. Alfonso war das jüngste von sechs Geschwistern. Die ältesten, eine Frau und ein Mann, waren gestorben, bevor sie zwanzig waren. Sie sagen, sie seien vom Tiger[1] gefressen worden, als sie einmal auf einer Reise in den Norden im Zelt übernachteten. Die anderen zogen auf der Suche nach einem besseren Leben in die Städte San Ignacio, San Borja oder Trinidad. Und anscheinend haben sie es gefunden, weil sie nie zurückgekommen sind.

Alfonso blieb in El Desengaño und wuchs bei seiner Großmutter Doña Agracia Maimo auf,[2] einer Dame in den Sechzigern mit hängenden Brüsten, einem vom Leben gezeichneten Gesicht und einer starken Persönlichkeit. Doña Agracia war eine der wenigen einheimischen Frauen, die zur Schule gegangen waren und mehr oder weniger lesen und schreiben konnten. Von mehreren nahegelegenen Ranches und anderen Flussbewohnern des Tijamuchi-Flusses kamen sie, um sie zu bitten, Briefe, Dokumente, Anforderungen, Gesetzesentwürfe und andere Dokumente ins Mojeño-Ignaciano (lokale Sprache) zu übersetzten. Sie las sie geduldig und nahm keinen Cent für ihre Arbeit.

Die Großmutter wohnte mit Alfonso in einem Haus, wo sie zusammen mit weiteren zwei Kindern und einer Nichte in einem Zimmer schliefen. Alfonsos Eltern teilten sich das andere Zimmer mit allen anderen: mit Julio Jare, der bereits Frau und Sohn hatte, Emiliana Maimo, der alten Tante, und ein paar Arbeitern, die geblieben waren, um bei der Familie zu arbeiten. Im letzten und kleinsten Raum befanden sich die Küche, die Arbeitsgeräte und einige Häute, die gegerbt werden mussten, damit man sie in der Stadt verkaufen

---

[1] „Tiger" wird der Jaguar von den spanischsprechenden Bolivianern oft genannt.
[2] Doña ist ein etwas altmodischer Titel, der in Bolivien wie „Frau X" benutzt wird.

konnte. Auf der kleinen Ranch gab es für die Regenzeit zwei Gestelle etwa zwei Meter über dem Boden, wo dann alle schliefen, damit sie so vor den großen Überschwemmungen geschützt waren. Sie hatten drei Hühner und fünf Kühe, die sie sich geliehen hatten.

Alfonso Jare wuchs auf und eignete sich wie alle anderen Kinder die Sitten seiner Gemeinde an. Mit sechs Jahren lernte er das Fischen und mit zehn begann er, die Alligatoren zu verjagen, damit sie nicht die Kühe fraßen. Er war dünn und zierlich. Er hatte braune Haut und lange Beine wie ein Reiher. Langes und ungewöhnlich schwarzes Haar fiel ihm auf die Schultern. Flink und abenteuerlustig war er. Mehr als einmal musste Doña Agracia, die ein krankes Bein hatte, ihm von einem Baum helfen, weil er nicht mehr runterkam. Eines Tages blieb er am Fluss und kehrte erst um Mitternacht zurück. Niemand sagte etwas. Sie hatten seine Abwesenheit nicht einmal bemerkt. Er war dreizehn Jahre alt und sein Spiegelbild im Wasser hatte ihm zum ersten Mal bestätigt, was sich in ihm zusammenbraute.

In dieser Nacht konnte er nicht schlafen.

Das Fest

Jedes Jahr am 31. Juli stand Doña Agracia um drei Uhr morgens auf und kochte Kaffee. Dann weckte sie die anderen, und allein mit ihrem Blick gebot sie sich anzukleiden, um sich auf den Weg in die Stadt zu begeben und das Patronatsfest mitzufeiern. Es war ein Termin, den man ohne Ausnahme wahrnehmen musste. Diejenigen, die nicht teilnahmen, lieferten sich freiwillig den Strafen aus, die ihre

Großmutter Tage später über sie verhängen würde. Jedem war die Bedeutung des Festes klar, nicht nur als ein Kulturgut der Vorfahren, sondern auch als eine Möglichkeit, ihre Traditionen, die Seele ihrer Gruppe und von jedem einzelnen selbst zu bewahren.

Alfonso, der mit seiner Großmutter aufgewacht war, war bereits an das jährliche Familienritual gewöhnt, das seit einiger Zeit von seinen Bemühungen abhing, es zum Laufen zu bringen. Als erstes suchte er nach der Tracht, die Doña Agracia auf dem Fest tragen würde. Er hatte sie in der Nacht zuvor in der Nähe der letzten Glut ausgebreitet, damit die Hitze den Stoff ausdehnte und die Falten verbarg. Es war ein wunderschönes weißes Tipoy-Kleid mit Spitze und buntbestickten Rändern, mit dem seine Großmutter wie eine Meme des Großen Indigenenrates auf dem Hauptplatz von San Ignacio de Moxos tanzte.[3] Zum Rhythmus von Trommeln und Flöten, Klatschen und Gesängen hing der Erfolg des Festes immer auch von seiner Familie und ihrem Beitrag ab. Im Alter von sieben oder acht Jahren hatte Alfonso das Nähen gelernt und war im Laufe der Jahre dafür zuständig, die Kleider seiner Großmutter, seiner Schwester und einiger Cousinen, die ihn um Hilfe baten, zu besticken und verzieren. Seine Brüder und Cousins sahen es nlchL gern, dass ein nun sechzehnjähriger Junge diese Aufgaben übernahm, konnte er doch auf den Feldern arbeiten oder jagen gehen. Aber Doña Agracia war immer damit einverstanden, und

---

[3] Eine Meme ist eine für das jährliche Fest bunt gekleidete Frau, die mit den anderen Figuren der Fiesta tanzt und heute auch Teil des Weltkulturerbes ist: https://ich.unesco.org/en/11-representative-list-00520&include=slideshow.inc.php&id=00627#https://ich.unesco.org/img/photo/thumb/06089-HUG.jpg oder auch bei verwandten Gruppen: https://amerigrafias.wordpress.com/2022/10/31/sprachen-indigenes-amerika-baure-arawak/

da mit ihr nichts zu diskutieren war, wurde Alfonso bald ein Experte in der Kunst des Stickens, besonders der Kleider seiner Großmutter.

Sie kamen um sieben Uhr morgens in der Stadt an, als die Messe zu Ende war. Gerade rechtzeitig, dass die *Ichapekene Piesta*[4] losging, das rätselhafteste, größte und bunteste Fest von San Ignacio de Moxos, aber auch im ganzen Beni. Vor der Kirche hatten sie den großen Indigenenrat errichtet, in dem der Oberbeamte der Provinz, der erste und der zweite Kazike verschiedener Dörfer und andere Autoritäten saßen. Alles Männer. Sie repräsentierten die Dörfer politisch und wirtschaftlich. Sie nahmen an der Morgenzeremonie des Gottesdienstes teil, immer begleitet von der Musik der berühmten geistlichen Stücke, die aus den mehr als dreihundert Jahre alten Partituren stammen, die in der Kirche aufbewahrt werden. Normalerweise haben die meisten älteren Menschen schon als Kind gelernt, „die Partituren der Mojeño-Musik und spiritueller Musik auf verschiedenen Instrumenten wie Geige, Flöte oder den großen *Bajones* zu interpretieren".[5] Sonntagmorgens um 8 Uhr kann man dann die Chormusiker die Messe singen hören und zu bestimmten Daten im religiösen Kalender, wie beispielsweise während der Novene der Jungfrau von El Carmen. Aber all diese religiösen und kulturellen Aktivitäten sind an diesem einen besonderen Tag vereint: dem großen Fest der folkloristischen Hauptstadt des Beni.

---

[4] Der Name der Fiesta auf Mojeño Ignaciano: *Ichapekena Piesta* heißt „Größte Fiesta/ Feier".
[5] „San Ignacio de Moxos". Bericht veröffentlicht in der Online-Zeitung *Página Siete* 2013. Bajones sind große Bassflöten aus Palmblättern (s. auch https://www.aacademica.org/edgardo.civallero/262.pdf).

Dann ergriff der Trubel alle Anwesenden. Dieses Fest, auf dem die Leute aus allen umliegenden Gemeinden zusammenkommen – und manche von noch weiter her – brachte das Dorf zum Bersten mit einer Kombination aus Musik, Farben, Kostümen, Lachen und Choreografien, so typisch für Amazonien und was nur diejenigen verstehen, die die ganze Pracht in Wirklichkeit einmal selbst erleben durften.

Im Schatten der Motacu-Palmen[6] versuchten sich die vielen Zuschauer vor der stechenden Sonne zu schützen, und reckten ihre Hälse, um die ersten Tänzer*innen zu sehen, die vor dem Ältestenrat (*Cabildo*), und der Kirche vorbeizogen. Vor allem ging es um die *Achus*. Das sind einzigartige und verspielte Charaktere, die eine Holzmaske tragen; in dunklen und abgetragenen Kitteln imitierten sie den Gang eines alten Mannes, läuteten dabei ihre Glocken und stützten sich auf einen gedrehten Stock aus Ambaibo-Wurzeln.[7] Dann liefen die Hirsche los, barfüßige Jünglinge in rotem Umhang, die mit spitzen, aber ungefährlichen Geweihen auf dem Kopf herumrannten. Sie liefen von einer Seite zur andern, sprangen, sprangen wie kleine Hirsche, kamen dem Publikum näher, ergriffen manche und tanzten dann weiter.

Ganz vorne in der westlichen Ecke begannen die Memes sich langsam in Bewegung zu setzen. Frauen gekleidet in schönen alten Kleidern aus Jute. Das Typoy-Kleid, das seit Hunderten von Jahren gleich geblieben ist, ist ein Symbol der Frauen, und seine Größe, seine Farben und

---

[6] Tropische Palme, typisch für Amazonien.
[7] Lokaler Baum.

sogar, wie es genäht und bestickt ist, steht für unterschiedliche soziale Klassen der Trägerinnen.

Alfonso saß auf dem Bürgersteigrand auf dem zentralen Platz. Mit seinen unruhigen Augen suchte er die Augen seiner Großmutter. Ein paar Minuten später entdeckte er sie tanzend, ihr Gesicht blickte zum Himmel, als würde sie ein Gebet sprechen. Vielleicht widmete sie den Tanz ihrem verlorenen Ehemann. Alfonso bewunderte sie. Er liebte sie wirklich. Er hatte in ihr auch eine Komplizin gefunden, um das zu teilen, was nur zwei Waldgeister teilen konnten. Sie war sein Vorbild und er war für sie immer ein Grund zur Freude. Die Meme Agracia schwebte mit gewisser Feinheit und Langsamkeit über den Boden, als würde sie versuchen, den Schmerz in ihrem Bein zu ertragen und sich dabei durch die Choreografie zu ermutigen. Sie hob langsam ihren Arm, bewegte den Kopf in Zeitlupe, schloss die Augen. „Das ist die schönste Meme", fand Alfonso. Und er folgte ihr mit seinem Blick, fing jede Bewegung, jede Geste, jeden Seufzer ein. Als ihr Tanz zu Ende war, verlor er sie aus den Augen zwischen Hunderten, vielleicht Tausenden von Menschen, die sich in den Straßen des Orts drängten, *Chicha Camba*[8] tranken und dabei waren, die offiziellen Tänzer zu imitieren. Aber Alfonso stand nicht auf, er wusste, dass sie sich zum Mittagessen bei seiner Tante treffen würden. Er sah sich am liebsten die Tänze an, beschaute die Kleider, die Kostüme, suchte nach freundlichen Gesichtern und sammelte Lächeln. Wie an keinem anderen Tag des Jahres war Alfonso sehr empfindsam und nahm wie ein Schwamm alles auf, was seine Sinne ihm übermittelten.

---

[8] Erfrischungsgetränk aus gerösteten Maiskörnern. Enthält keinen Alkohol.

Die unzähligen Papageienfedern verwiesen auf die Ankunft der Macheteros. Mit ihrem langsamen Tanz, ihrem herrschaftlichen Kostüm begannen sie vor einer Menschenmenge zu tanzen, die seit dem Morgen auf sie gewartet hatte. Die Macheteros sind das Symbol von Moxos, sie sind die Weisen, die Jäger, die Familienoberhäupter, die angesehensten. Dunkel und mutig kosteten sie ihre Rolle voll aus, oder vielleicht folgten sie einfach dem Verhaltensmuster, das jeden Tag ihr Leben bestimmte. Mit den langen bunten Federn auf dem Kopf sahen sie imposant aus und erzeugten mit ihren Macheten in der Luft ein wenig Ehrfurcht. Sie sind das Herz des ganzen Festes. Sie sind die perfekte Art, Amazonien in einem Tanz zu verstehen, der seine Haltung und Persönlichkeit mit poetischer Festigkeit vermischt.

Die Entzauberung

Alfonso setzte sich an eine Ecke an den Tisch und sagte nichts. Er betrachtete die Kleider der Frauen, die das Essen servierten. Er konnte sie mit den Augen abmessen und berechnen, aus wie viel Stoff die Kleider in verschiedenen Farben schmuckvoll zusammengesetzt worden waren. Am anderen Tisch saßen seine Cousins, sein älterer Bruder, seine Eltern und einige Freunde der Familie. Doña Agracia nahm ihn immer überall mit hin, und er war es gewohnt, am Tisch zum Essen zu ihrer Rechten zu sitzen oder in dem kleinen alten Bett in ihrem Haus zu schlafen, das aus morschem Holz bestand und nur von ein paar Lehmziegeln gestützt wurde. Alfonso fühlte sich wohl, beschützt, geliebt. Solange sie an seiner Seite war, wusste er, dass er nichts zu befürchten hatte. Dem Lächeln folgte ein Gelächter und wieder ein anderes Lächeln und Gelächter und die Wiedervereinigung der Familie wurde dadurch besiegelt.

Nach dem Mittagessen gab es Kaffee und Maracuja-Limo, gesüßt mit Zuckerrohrhonig. Nach dem Gelächter kamen die Neuigkeiten, Kommentare und Klatsch und Tratsch. Eine der Frauen erzählte, dass die Tochter einer Freundin in San Vicente verschollen sei. „Sie haben sie in einem Auto mitgenommen", sagte jemand. Eine andere meinte, die Schwester einer ihrer Schülerinnen sei von einer Schule in Santa Ana de Yacuma verschwunden und man habe sie bisher nicht finden können. Ihre Eltern waren untröstlich.

So etwas passiert in Amazonien sehr häufig. Dass junge Mädchen vermisst wurden. Manche laufen mit ihrem Freund weg und heirateten heimlich. Andere gehen auf der Suche nach Arbeit in größere Städte und kehren nie wieder zurück. Man weiß nicht, wie viele Mädchen pro Jahr aus den abgelegenen, im Dschungel verborgenen Dörfern verschwinden, wo Gerechtigkeit ein sinnloses Wort ist.

„Die armen Mädchen." – „Ja, die armen Mädchen! Was wohl aus ihrem Leben wird?", sagten sie von Zeit zu Zeit, während sie Geschichten erzählten, die mit Mythen und Legenden vermischt wurden. Alfonso hörte aufmerksam zu, während seine Cousins im Hof Ball spielten.

Gegen vier Uhr nachmittags machten sich alle fertig, um zu ihren Häusern in den Dörfern zurückzukehren. Da Alfonso nirgendwo zu finden war, suchte ihn der älteste Bruder in einem der Zimmer. Minuten später waren Schreie und Schläge zu hören, und er kam herausgestürmt und umklammerte Alfonso am Hals, der ein Tipoy-

Kleid einer seiner Cousinen anhatte. Alle rannten sofort dorthin, um zu sehen, was los war.

„Diese Schwuchtel ist wie eine Frau angezogen", schrie der Bruder und brannte vor Wut.

„Ich habe Maria nur gezeigt, wie man ihr Tipoy-Kleid ordentlich an- und ablegt", verteidigte sich der Junge unter Tränen und mit einer blutenden Nase.

„Du bist eine Schwuchtel, Männer tragen keine Kleider", erwiderte der Bruder wütend.

„Das ist eine Lüge", sagte Alfonso, bevor er ohnmächtig wurde und wie altes Leder auf den Boden sackte.

Doña Agracia kam angerannt und warf sich auf Alfonso.

„Du fasst meinen Enkel nicht an", rief sie, kam mit ihrem Kopf näher an Alfonso und brach in Tränen aus.

Die Gemüter beruhigten sich. Das Weinen der Großmutter zerstreute die Wut und den Wunsch nach Rache. Alle kehrten nach und nach zu ihren Vorbereitungen zurück, damit man loskam, bevor die Sonne weiter unterging. Doña Agracia hob ihren Enkel auf und brachte ihn in die Küche, wo sie ihn mit Hilfe seiner jungen Cousinen saubermachte und ins Bett legte.

„Wir werden heute Nacht im Ort bleiben und morgen abreisen", sagte sie ihnen, ohne sie auch nur anzusehen. Niemand antwortete ihr und sie gingen schweigend. Alfonso schlief, träumte aber nicht.

Die Schwester

Spät in der Nacht erlangte Alfonso das Bewusstsein wieder und als er die Augen öffnete, blickte er in das blasse Gesicht seiner Großmutter. Er bat um etwas Wasser und begann wieder zu schluchzen.

„Was hast du, mein Junge?", fragte Doña Agracia, obwohl sie die Antwort bereits kannte. Die beiden saßen allein neben einer Lampe, die stark nach Kerosin roch.

„Großmutter", sagte Alfonso, „warum bin ich so? Warum mag ich Puppen, warum Kleider? Warum mag ich Frauensachen so gerne?"

Großmutter hielt lange inne, bevor sie antwortete. Alfonsos Herz klopfte, das Blut in seinen Adern raste, seine Hände schwitzten. Er hatte sich wieder hingelegt und die Lampe erhellte die eine Hälfte seines Gesichts. In seinen Augen glitzerten zarte Tränen und rollten dann über seine kleinen kindlichen Wangen. Doña Agracia sah ihn zärtlich an, als würde sie gerade seine Wiedergeburt beobachten. Sie war diejenige, die ihn in jener stürmischen Nacht begrüßte, als Blitze den Fluss vor ihrem Haus erhellten. Sie kümmerte sich um ihn, wie sie sich auch um seine Mutter gekümmert hatte, während diese sich von der schwierigen Geburt erholte. Nach und nach wuchs ihr dieser letzte Enkel ans Herz und sie entwickelte für ihn eine besondere Zuneigung, die sie für die anderen nicht empfunden hatte.

Doña Agracia hörte auf zu weinen. „Wusstest du, dass du eine Schwester hast?", sagte sie und sah ihm in die Augen.

„Eine Schwester?" fragte Alfonso überrascht, „Und wo ist sie?"

„Als du im Bauch deiner Mutter warst", sagte die Großmutter mit dem Ton einer Lehrerin, den sie in der Schule gelernt hatte, „hattest du eine Zwillingsschwester. Ihr seid zwei gewesen. Ihr solltet eigentlich zwei sein, weil Gott es so wollte. In diesem Jahr wussten wir, dass es viel regnen würde, aber wir hätten nicht gedacht, dass es so schlimm werden würde. Der Regen hörte fast einen Monat lang nicht auf und der gesamte Landsitz und noch weiter drumherum wurde alles vollständig überflutet. Der Fluss hat uns eines Nachts fast das Leben gekostet, und wir mussten aus dem Haus rennen, um die Bäume zu erklimmen. Am nächsten Morgen regnete es weiter. Und am nächsten Tag auch. Und so fiel jeden Tag Regen vom Himmel, wie eine Strafe, wie ein Fluch. Kühe begannen zu verhungern, Hühner ertranken und wilde Tiere machten sich auf die Suche nach Anhöhen. Bald darauf gingen uns die Lebensmittel aus und wir begannen, an Hunger zu leiden", erzählte sie mit tiefer und dramatischer Stimme.

Alfonso sah sie aufmerksam an. Im trüben Licht dieses Zimmers lauschte er der Geschichte seiner Geburt, die sie ihm niemals zuvor erzählt hatte.

„Die Hälfte von allem, was wir zu essen hatten", fuhr die Alte fort, „haben wir deiner Mutter gegeben, weil sie es mehr brauchte." Dein Vater ging fischen, aber er hatte nicht immer Glück. Es gab nicht einmal Salz und wir konnten nirgendwo hingehen, weil sie sagten, es sei dort noch schlimmer.

Alfonso blieb stumm, folgte aufmerksam jedem Wort, als sähe er einen Film.

„Dann bekam deine Mutter Krämpfe und Fieber und wurde mehrmals täglich ohnmächtig. Der Regen hinderte uns daran, den Dorfarzt aufzusuchen, und wir konnten nichts anderes tun, als zu beten, dass ein Wunder die Schmerzen lindern würde. Und dieses Wunder geschah eines Nachts mit Blitz, Donner und starkem Wind, der von Norden kam."

„Was? Was ist passiert, Großmutter? Was ist mit meiner Schwester passiert?" unterbrach sie Alfonso.

„Der Himmel ist immer weise und hat beschlossen, dich und deine Mutter zu retten. Mitten in der Nacht, in dieser donnernden Nacht, im Schoß deiner Mutter, entschied sich die Zukunft von euch beiden ... und du ... du hast deine Schwester gegessen."

„Aber meine Schwester... Wo ist sie?" fragte Alfonso fast schreiend und mit blassem Gesicht.

„Deine Schwester hat dir ihren Körper, ihr Fleisch gegeben, damit du leben und deine Mutter retten kannst. Aber ihr Geist, der sehr stark war und nicht in den Himmel ging, blieb bei dir, in deinem Körper. Dort leben die beiden Geister: deiner und ihrer. Deshalb denkst du, dass du Puppen oder Kleider magst, aber eigentlich ist sie diejenige, die sie mag. Sie macht, dass du so gehst wie du gehst, dass deine Stimme so zart ist. Ihr Geist ist stark und zeigt sich auch in deinem Körper.

Alfonso schwieg. Große stille Tränen begannen langsam über seine Wangen zu laufen, während er innerlich den Kopf schüttelte und versuchte zu verstehen, was er gerade gehört hatte.

„Du lebst dank des Opfers deiner Schwester", schloss die Großmutter. „Seitdem lebt sie in deinem Körper, teilt dein Essen, schaut auf das, was du siehst und fühlt, was du fühlst. Deshalb solltest du sie nicht verscheuchen oder schlecht behandeln. Du bist sie."

Das Treffen

Am nächsten Morgen verabschiedete sich Alfonso von seiner Großmutter und sagte ihr, dass er an der Lagune von Isireri spazieren gehen und zum Mittagessen zurückkommen würde. In einen Jutesack hatte er ein paar Kleider, etwas Brot und eine Flasche Wasser gepackt. Doña Agracia machte eine zustimmende Geste, obwohl sie tief in ihrem Inneren wusste, dass sie ihren Enkel zum letzten Mal sehen würde. Sie sah ihm nach, als er eine staubige Straße entlangging, und begann schweigend zu beten, dass es ihm gut ergehen solle, dass der Himmel ihn beschützen und er eines Tages glücklich werden solle. Bevor er sich am Horizont verlor, drehte sich Alfonso zu ihr um und verabschiedete sich mit einem Lächeln für immer.

Am Rande dieses riesigen Gewässers grübelte Alfonso über sich selbst nach. Er stellte sich grausame Fragen. Er gab sich vernichtende Antworten. Allein und schweigend analysierte er das Leben, das er gelebt hatte, und auf der anderen Seite nun das Leben seiner Schwester, das Leben, das sie nicht hatte führen können. Er fühlte sich verantwortlich. Tief in seinem Inneren versuchte er, sich selbst zu vergeben, dem Himmel, dem Regen, den Wundern, seiner Mutter zu vergeben. Mit verlorenem Blick und verwirrtem Herzen ging er noch ein paar Minuten am Ufer entlang.

Die künstliche Lagune von Isireri ist eine riesige Fläche mit stehendem Gewässer, die von den großen hydraulischen Kulturen geerbt wurde, die in vorkolonialer Zeit das Land der Moxos bewohnten und gestalteten. Ihre Vergangenheit sowie die der vielen kürzlich entdeckten Ruinen und Überreste wurden noch nicht alle eingehend untersucht oder interpretiert, so dass die Gründe für ihre Erbauung unbekannt sind; derzeit stehen sie dort als touristische Kuriositäten der Gegend. Alfonso wusste von all dem nichts und es war ihm auch egal, denn er musste feststellen, dass auch sein Leben ein Konstrukt war, dessen Motiv er selbst nicht kannte.

Er hielt einen Moment inne und starrte auf den Horizont, geblendet von der Mittagssonne, die von der Lagune reflektiert wurde, und als er nach unten blickte, sah er sie. Da war sie. Hinter dem Wasserspiegel, der sie trennte. Ein Bild, das sich mit den kleinen Wellen, die direkt zu seinen Füßen ans Ufer stießen, näherte und wieder entfernte. Alfonsina sah ihn mit Augen voller Liebe und Mitgefühl an. Er erkannte sie und lächelte sie an. Sie war schon immer dagewesen, manchmal still, manchmal hatte sie ihm ermutigende Worte zugeflüstert. Endlich verstand Alfonso.

Sie unterhielten sich den ganzen Nachmittag. Es wurden Dinge erzählt, die der eine vom anderen nicht wusste und umgekehrt. Sie sagten sich, dass sie sich liebten, dass sie aufeinander aufpassen würden, dass sie sich treffen würden. Einer weinte. Die andere seufzte. Die Entscheidung trafen beide.

Die Flucht

Als die Sonne unterging, zogen sie tief in den Wald. Ihr Plan war es, in zwei Tagen nach Santa Ana del Yacuma zu kommen, sich immer nur ein paar Stunden auszuruhen, zu essen, was sie fanden, was Alfonso zu jagen oder fischen vermochte und was Alfonsina für sie kochte. Dann reisten sie von einem Dörfchen zum andern, bis sie schließlich Riberalta, dann Cobija und schließlich den Norden erreichten, wo die Leute beim Sprechen sangen.

Beide kannten die Gefahren des Dschungels, aber sie hatten auch gelernt, damit umzugehen. Das Wichtigste war jedoch ihre Entschlossenheit. Sie mussten einen wohlgesonnenen Ort für ihr Leben finden, für das Leben, das sie teilen wollten. Sie gingen ohne Unterlass. Als sie im Morgengrauen sehr müde waren, hielten sie am Rande eines Baches an, um zu schlafen oder es zumindest zu versuchen bei dem kalten und nassen Wind, der in dieser Nacht wütete.

Erst spät wachten sie auf, vielleicht um zehn, durch die Geräusche eines Alligators, der aus dem Wasser kam. Sie brachten sich schnell in Sicherheit. Später aßen sie einige Früchte und gingen weiter.

„Wir werden es nicht in zwei Tagen schaffen", sagte Alfonsina.

„Auch wenn es drei werden, aber wir dürfen nicht aufhören zu laufen", antwortete er.

Am späten Nachmittag waren sie völlig erschöpft und beschlossen, dass sie etwas essen mussten, denn sonst würde ihr Abenteuer ein tragischeres Ende nehmen als das Leben, vor dem sie gerade flohen.

Sie suchten nach trockenen Ästen, Alfonso fing einen Dorado-Fisch und sie setzten sich zum Unterhalten in den Schatten eines Laubbaums, den sie am Ende einer Lichtung fanden. Zuerst war es ihnen gar nicht aufgefallen, aber nach genauerem Hinsehen erkannten sie, dass es sich bei diesem niedrigen Boden tatsächlich um eine verlassene Landebahn handelte.

Ende der siebziger Jahre wurden in weiten Teilen des Amazonasgebietes mehrere dieser heimlichen Spuren gebaut, von wo aus der ‚König des Kokains‘, Roberto Suárez Gómez, seine tödliche Kokapaste nach Kolumbien schickte, wo sie für ihn das größte Drogenhandelsunternehmen war. Mit unvergleichbar starken Verbindungen zur damaligen Regierung erlangte Roberto Suárez eine solche politische Macht und eine solche Menge Geld, dass er anbot, die bolivianischen Auslandsschulden zu begleichen, die sich damals auf 3.800 Milliarden Dollar beliefen.

Alfonso erinnerte sich an einige Geschichten, die Doña Agracia nachts erzählt hatte, bevor sie ihn ins Bett schickte.

„Tata ist hier gestorben", sagte er mit Blick auf den Horizont.

„Woher weißt du das?" fragte Alfonsina sofort zurück, erschrocken über den Tonfall ihres Bruders.

„Großmutter hat es uns erzählt. Sie brachten alte Kühe in den Süden, anscheinend nach Trinidad, um sie zu verkaufen und Kälber zu kaufen. Und plötzlich fanden sie diese Landebahn oder eine ähnliche. Sie wussten auch nicht, was es war, obwohl sie Tag und Nacht, zu jeder Tageszeit die Kleinflugzeuge fliegen hörten. Sie wussten nicht, woher sie kamen oder wohin sie flogen. Sie sahen sie nur durch den Himmel gleiten.

„Aber was ist mit Großvater passiert?" fragte Alfonsina neugierig und interessiert an dieser besonderen Geschichte.

„Sie stießen auf ein Flugzeug, das gerade abheben wollte", antwortete Alfonso. „Und bevor sie beide sehen würden, schubste Tata die Großmutter schnell ins Gebüsch. Zum Glück haben sie die Männer vom Flugzeug nicht gesehen. Sie stiegen aus und nahmen Tata mit. Niemand hat ihn je wieder gesehen. Die Großmutter sagt, dass sich ihr Mann in einen kleinen Vogel verwandelt hat und dem Wind hinterhergeflogen ist. Das hat sie mir erzählt, als ich ungefähr sieben Jahre alt war."

Alfonsina schwieg. Sie wusste nicht, dass Roberto Suárez Gómez sich mit der Militärputschgruppe um Luis García Meza, Luis Arce Gómez (seinem Cousin) und dem Naziverbrecher Klaus Barbie, der damals Klaus Altmann hieß, verbündet hatte. Es wird vermutet, dass es der ‚König des Kokains' war, der den Putsch vom 17. Juli 1980 finanzierte, der schließlich García Meza an die Macht brachte. In diese Operation ‚investierte' er etwa fünf Millionen Dollar, da ihm seine Nähe zum Oberkommando einen großen und mächtigen politischen Rückhalt garantieren sollte, um die zwei Tonnen pro Tag weiter zu produzieren, die seine hauptsächlich im Flachland installierten Fabriken unter seiner sorgfältigen Kontrolle herstellten.[9] Alfonsina wusste auch nicht, dass in dieser Zeit viele Menschen in diesen Breiten starben.

---

[9] Levy Martinez 2012.

Angestellte des ‚Königs', Militärs, verdeckte Ermittler, Konkurrenten oder wie in diesem Fall unachtsame und unvorsichtige Männer, die eines Tages auf diese Todesmaschinerie stießen.

Beide senkten die Köpfe. Einer seufzte. Die andere meinte, sie sollten weitergehen. Sie ruhten sich noch eine Stunde aus und dann ging die Wanderung weiter. Mit dieser Vorgeschichte der entdeckten Landebahn sagten sie sich, dass sie aufpassen mussten, dass nicht nur die Tiere eine Gefahr darstellten. Sie mussten wachsam sein. Sie verbrachten die Nacht im Geäst eines großen Baumes, den sie fanden, und der perfekt zu sein schien, um sich etwas bequemer auszuruhen als in der Nacht zuvor. Und doch konnten sie nicht gut schlafen. Erinnerungen an zu Hause, den Landsitz und die Großmutter waren die ganze Zeit präsent. In dieser Nacht träumten sie von Doña Agracia.

Das Geräusch eines Jeeps weckte sie abrupt. Es war eine Gruppe von Fremden, die direkt unter dem Baum gezeltet hatten, in dem sie sich befanden.

„Wer wird das sein?" fragte Alfonso und sprach fast wie zu sich selbst.

„Sie sehen nicht böse aus", sagte sie. „Schau, da sind noch andere Mädchen."

„Sind das Ärzte?" fragte Alfonso, als wünschte er, es wäre so.

„Ich gehe runter", sagte sie.

„Nein. Warum? Was willst du tun?", antwortete Alfonso fast in Panik, aber ohne zu schreien.

„Ich werde nachsehen, was sie wollen, und ob sie uns ein bisschen in ihrem Wagen mitnehmen können."

„Soll ich mitkommen?"

„Wenn sie uns beide sehen, werden sie vielleicht misstrauisch. Wenn ich allein gehe, trauen sie mir vielleicht eher. Später rufe ich dich und du kommst runter."

Alfonso sagte nichts. Sie holte das Tipoy-Kleid von ihrer Cousine heraus, das er mitgebracht hatte, und zog es an. Sie machte ihre Haare auf und streifte ihre Schuhe ab. Langsam stieg sie herunter. Unten angekommen, begrüßte sie die andern herzlich und ging auf sie zu. Die Fremden schienen keine Angst zu haben. Im Gegenteil, sie waren freundlich, begrüßten sie, boten ihr etwas Trockenfleisch zu essen an und luden sie ein, sich zu ihnen zu setzen.

Von oben im Baum konnte Alfonso nichts von dem hören, was sie sagten, so sehr er sich auch bemühte. Er fing langsam an zu verzweifeln, aber er gab sich Mühe, keinen Lärm zu machen, um weiter nicht aufzufallen. Zwischen Lachen und Flirten stieg seine Schwester hinten auf das Fahrzeug, das sofort losfuhr, und sie ließen das heruntergebrannte Lagerfeuer zurück, auf dem sie das Frühstück zubereitet hatten. Bevor sie losfuhren, sah Alfonsina zu ihm hoch und zwinkerte ihm zu. Das Fahrzeug fuhr durch die Pfützen, die der Regen der vergangenen Nacht hinterlassen hatte.

Alfonso blieb den ganzen Tag noch oben im Baum, bis die ersten Sterne aufleuchteten, an jenem Himmel, den er schon lange nicht mehr so klar und so schön gesehen hatte. Er schwieg und betrachtete den Horizont inmitten seltsamer Geräusche, nachtaktiver Tiere und ungewöhnlicher Legenden, von denen er vielleicht der Protagonist war.

Die Kinder des Tata Belzu

Die Straße des Todes

Von La Paz kommt man in vier Stunden nach Coroico. Das Busticket ist günstig und die Fahrt recht komfortabel. In Wirklichkeit ist das Reisen in Bolivien sehr günstig und immer mehr Menschen haben Lust, im Land zu reisen. Aber insbesondere Coroico ist ein sehr beliebtes Reiseziel und hat sich im Laufe der Jahre zu einer kleinen Stadt entwickelt, die Touristen und Besucher willkommen heißt und ihnen ermöglicht, ihre Vergangenheit und ihre Naturwunder kennenzulernen.

Um dorthin zu gelangen, muss man die Straße des Todes nehmen, eine nur 64 km lange Route, auf der Hunderte von Menschen ihr Leben verloren haben.[10] Am Ende erreicht derjenige, der überlebt, die Yungas vom Bundesstaat La Paz,[11] ein fantastisches und warmes Gebiet, das sich vom kalten Andenhochland unterscheidet. Die bereits weltberühmte Straße[12] ist eine der Attraktionen. In dieser Gegend des Landes (sowie in Caranavi, Tocaña, Chulumani, Arapata und anderen Orten) wohnt die größte Anzahl von Afrobolivianern, eine der ethnischen Minderheiten, die erst vor wenigen Jahren stärker sichtbar geworden ist und seit der kürzlichen Neugründung des Landes als Plurinationaler Staat in der neuen politischen Verfassung anerkannt ist.[13]

Die Abfahrt mit dem Fahrrad bei fast 70 km in der Stunde von 4.700 auf 1.100 Meter über dem Meeresspiegel erzeugt ein unerklärliches Schwindelgefühl, wenn man mit jedem Wimpernschlag eine neue Bergkette vorbeiziehen sieht. Den kalten Wind im Gesicht spüren,

---

[10] Vor dem Bau der neuen Straße war die „Todesstraße" (orig. „Camino de la muerte") legendär für ihre extreme Gefährlichkeit und die Zahl der Verkehrstoten: durchschnittlich 209 Unfälle und 96 Tote pro Jahr.

[11] Die Yungas von La Paz, eine subtropische Region, die als Grenze zwischen dem Andengebiet und dem bolivianischen Amazonien gilt.

[12] 1995 wurde sie von der Interamerikanischen Entwicklungsbank (IDB) zur „gefährlichsten Straße der Welt" gekürt.

[13] „Die bolivianische Nation besteht aus allen bolivianischen Männern und Frauen, den einheimischen indigenen Gruppen sowie den interkulturellen und afrobolivianischen Gemeinschaften, die zusammen das bolivianische Volk bilden." Art. III, Politische Verfassung des plurinationalen Staates von Bolivien. Am 6. August 2006 wurde die verfassungsgebende Versammlung in Bolivien eingesetzt, um eine neue Verfassung auszuarbeiten und einen gerechteren Staat zu formen, die natürlichen Ressourcen zu verteidigen und dem neoliberalen Modell ein Ende zu bereiten. Ein Bürgerreferendum stimmte ihm 2009 mit 61,43% der Stimmen zu.

durch den Nebel auf den Hängen zu spähen und für einen Moment innezuhalten, um frisches Wasser von einer der vielen Quellen zu trinken, die über die Straße fließen. Es ist eine Erfahrung, die vom ersten bis zum letzten Augenblick eine innere Transformation garantiert. So etwas wie wieder lernen, dass die Geschwindigkeit des Lebens davon abhängt, wie weit und wie schnell wir ankommen wollen. Am Ende der Tour kommt man an mit einer Gänsehaut, spürt die heiße Luft, die dichte Vegetation und kann schon die Stadt Coroico sehen, die auf einem riesigen Felsen erbaut wurde, und von wo aus man einen mächtigen glitzernden Fluss am Fuße des Berges sehen und hören kann.

Auf dieser Straße war Alejandro Fernández Gutiérrez auf dem Weg nach Caranavi. Er wurde in La Paz geboren, aber er war tief in der afrobolivianischen Kultur verwurzelt. Das Erbe dieser Kultur und ihre Bräuche durchzogen sein Leben.

— *Erinnerst du dich an deine Kindheit, deine ersten Tage?*
   [ein Interview]

— *Meine Kultur war zweigeteilt. In einen urbanen („modernen") Teil und einen ländlichen (gemeinschaftlichen, einfachen). Obwohl ich in der Stadt La Paz geboren wurde, verbrachte ich einen Teil meiner Kindheit in den Yungas. Ich habe viele Orte besucht und von ihnen gelernt. Ich habe eine Weile in Caranavi gelebt und ging dort zur Schule und habe so meine komplizierte Identität besser verstanden. La Paz und seine Vororte, insbesondere Villa Fátima, sind sehr freundlich zu den dazuziehenden Afrobolivianern. Ich bin in einem ziemlich kleinen Ort namens Aranjuez südlich der Stadt aufgewachsen. Ich hatte viele Nachbarn, einige in meinem Alter, und ich kann nicht leugnen, wie viel*

Unfug wir getrieben haben, aber nichts Böses. Meine Kindheit war ziemlich einfach, wir kletterten auf Bäume, wir kletterten auf die Hügel von Aranjuez, wir fielen herunter, wir schlugen uns und wir wurden wieder Freunde. Es war ein Prozess, die Freundschaft immer wieder neu aufleben zu lassen. Als ich 12 Jahre alt war, habe ich in einer sehr beliebten Fernsehsendung mitgespielt, der „Jacky Show". Ein Jahr blieb ich dabei und es waren die schönsten Momente meiner gesamten Kindheit.

Alejandro hatte während seiner Kindheit viele Entbehrungen. Mit wenigen Mitteln kämpfte seine Familie, insbesondere seine Mutter, um einen würdigen Platz in der Gesellschaft. Denn in einer Gesellschaft mit so vielen Stigmata und Vorurteilen ein Afrobolivianer zu sein, war eine weitere Hürde, die es zu überwinden galt.

– *Dann würdest du sagen, dass du eine glückliche Kindheit hattest.*

– *Es war definitiv eine glückliche Kindheit. Wir hatten weder den Luxus noch die Grundversorgung vieler Nachbarn (so wie in dem Ortsteil Valle de Aranjuez; die genossen einigen Komfort), aber mit dem, was ich hatte, war ich zufrieden. Meine Mutter war die Einzige, die die Familie ernährte, und sie sagte immer, dass wir glücklich sein sollten, solange wir ein Dach zum Schlafen und etwas zu essen hätten.*

Aber Alejandros Glück sollte nicht lange anhalten. Oder zumindest war es nicht mehr das gleiche Glück. Es ist von wenigen Afrobolivianern bekannt, dass sie öffentlich eine andere sexuelle Orientierung oder Geschlechtsidentität angenommen haben. Tatsächlich ist Alejandro der Einzige, der das in Bolivien getan hat. Dafür musste er einen

Prozess durchlaufen, der oft schmerzhaft, aber unbedingt notwendig war.

– *Wann hast du deine sexuelle Orientierung erkannt?*

– *Meine Identität zu erkennen und zu verstehen, war nicht einfach, vor allem, wenn wir über Zeit und Raum sprechen. Aber soweit ich mich erinnere, war ich immer homosexuell. ‚Akzeptiert' habe ich meine Identität irgendwann in meiner Jugend, so ungefähr mit vierzehn. Ich war in einen Jungen aus meiner Nachbarschaft verliebt. Da ist mir alles klar geworden.*

Mit vierzehn Jahren und in Bolivien mich so anzunehmen, war schwierig. Bevor ich über meine Gefühle nachdenken konnte, musste ich erstmal klären, ob das, was ich fühlte, echt war und wie meine Familie das aufnehmen würde. Es war schwierig. Seit dieser Zeit habe ich viel Einsamkeit, Verachtung und Diskriminierung erfahren. Manchmal wollte ich nicht mehr zur Schule gehen, weil sie mich zu sehr ärgerten wegen meiner Haltung. Aber am Ende, und wenn man es heute so betrachtet ... irgendwie habe ich es überlebt, keine Ahnung, wie! Ich erinnere mich, dass meine Mutter sagte: „Du musst zur Schule gehen, einen Abschluss machen und jemand im Leben sein, jetzt, wo du die Möglichkeit hast." Ich glaube, das war es, was mich motiviert hat, nicht den Mut zu verlieren.

Mit ungefähr 18 Jahren, als ich volljährig war und in Clubs gehen durfte, ging ich schon in die „Ambiente"-Clubs[14] in La Paz. Außerdem begann mein erstes Jahr an der Uni. Ich fühlte mich wie im Paradies. Ich traf viele Leute aus meiner Kindheit in der Disco, und wenn wir uns trafen, nahmen wir uns in die Arme und teilten von da an ein gemeinsames Geheimnis, und das machte uns zu ‚besten Freunden'. Das war lustig.

Im Laufe dieses schmerzhaften Prozesses des Übergangs, der Akzeptanz hatte er das Glück, jemanden zu finden, dem er alles erzählen konnte. Der Machismo in der bolivianischen Gesellschaft, dieser inhärente Konservatismus in der Geschichte, machte es einem Afro-Jugendlichen wie Alejandro fast unmöglich, seine Identität und Orientierung auf eine, sagen wir, normale Weise anzunehmen.

– *Wer war diese erste Person, der du alles erzählt hast?*

– *Eine meiner Freundinnen, die schon in meiner Kindheit nebenan wohnte. Nach elf Jahren in Aranjuez zerstreuten sich alle meine Nachbarn in der Stadt, und als ich mein erstes Jahr an der Universität begann, fand ich sie wieder. In unserem ersten Jahr mussten wir wie alle Gruppenarbeiten machen und so weiter. Eines Tages setzten wir uns zusammen und begannen, über unsere Kindheit zu sprechen, und*

---

[14] Orte, an denen Schwule, Lesben, Bisexuelle und Transsexuelle (Transvestiten, Transsexuelle und Transgender) ohne Angst vor Diskriminierung oder Gewalt verkehren, werden „Ambiente Bowling", „Ambiente Bar" oder „Ambiente Nachtclub" genannt. In den vergangenen Jahren waren sie geheim, aber in letzter Zeit sind sie in mehreren großen Städten Boliviens sichtbar geworden und haben sich ausgebreitet.

in einem unerwarteten Moment sagte ich: „Ich glaube, ich bin schwul und versuche, meine sexuelle Identität zu akzeptieren." Sie war die erste Person, der ich es erzählte. Sie sagte mir, dass sie das schon geahnt hatte, weil ich von klein auf anders war, aber dass sie die diskriminierenden Kommentare anderer Leute über mich nicht beachten wollte. Nach diesem Geständnis hat sie mich sehr unterstützt; sie war eine bedingungslose Freundin. Nach einer Weile hab ich es meiner Familie erzählt und nach ein paar Tagen der Tränen akzeptierten sie es und fingen an, mich Tausende von Dingen über die homosexuelle Identität zu fragen. An die Fragen werd ich mich immer erinnern!

– Wie war dein Verhältnis zur Familie und wie ist es jetzt? Inwiefern hat es sich geändert?

– Die Beziehung zu meiner Familie während meiner Kindheit war interessant. Meine Mutter arbeitete als ‚Hausangestellte im Bett' (ich finde diese Terminologie so lustig) und ich sah sie sehr wenig. Ich habe noch zwei Schwestern. Ich bin der in der Mitte. Meine ältere Schwester musste die Rolle der ‚Mama' spielen. Einen Teil meiner Kindheit war die familiäre Beziehung hauptsächlich zu meiner älteren Schwester. Als Teenager bewunderte mich meine Mutter und war „super glücklich", einen Sohn zu haben. Mütter sagen das immer, oder? Später sagte sie, ich sei das ‚Kreuz' der Familie. Irgendwie gefiel mir der Begriff nicht ... Jedenfalls war meine Mutter sehr katholisch. Sie nahm mich sonntags mit in die Kirche und die katholischen Feiertage feierte sie mit Stil. Meine Schwestern hatten nicht so viel mit der katholischen Kirche zu tun, und irgendwie machte uns das möglich, offene Gespräche zu führen, nachdem ich ihnen gesagt hatte, dass ich schwul sei. Meine Mutter starb 2002 und das veränderte mein Leben und das Verhältnis

zur ganzen Familie. Damals war ich siebzehn. So allein war der Übergang von Kindheit zur Jugend schwierig. Ein Jahr später habe ich dann mit der Uni angefangen und konnte dort entspannter über meine Identität sprechen, mich mehr informieren und dann zu Hause darüber reden.

– Wann hast du also persönlich deine sexuelle Orientierung begriffen und wann zuerst öffentlich gemacht?

– Ich unterteile den Prozess in drei Phasen: auf persönlicher Ebene war das so mit 14 Jahren, familiär mit etwa 18 und öffentlich, als ich bei „Mr. Gay La Paz" mitgemacht habe und auch als solcher gewählt wurde, und dann durch den nationalen Wettbewerb, wo ich „Miss Gay Transformista Bolivia" wurde. Aber ich denke, dass die Öffentlichkeit das ist, was in der LGBTIQ-Community passiert, weil viele meiner Freunde es immer noch nicht wissen, und manchmal sind sie überrascht oder glauben mir nicht! Das ist lustig. Und naja, wir könnten sagen, dass dies das erste Mal ist, dass ich mit dir, Edson, öffentlich über meine sexuelle Identität spreche.

In Bolivien ist die Kombination aus Afrobolivianer sein, bescheiden und ohne viel Geld und dann noch homosexuell zu sein, fast tödlich. Es ist, als stünde man im Zentrum des kleinsten konzentrischen Kreises und wartete darauf, von den Giftpfeilen der Gesellschaft getroffen zu werden, denen, die mit Intoleranz, Homophobie und Ungerechtigkeit vergiftet sind. An diesem Punkt stand Alejandro, und von dort aus traf er die wichtigen Entscheidungen in seinem Leben, die ihn zu dem homosexuellen afrobolivianischen Mann machten, der er heute ist.

Die Geschichte, die sie uns nicht erzählt haben

Wie auch im Rest Amerikas führt die Geschichte afrikanischer Männer und Frauen auf dem Territorium des heutigen Boliviens auf die Sklaverei zurück. In Kolonialzeiten wurden sie vom afrikanischen Kontinent unter anderem aus den Regionen Angola, Kongo und Biafra nach Bolivien gebracht. Es wird geschätzt, dass am Ende der Kolonie (1825, dem Geburtsjahr der Republik) etwa dreißigtausend afrikanische Sklaven in Bolivien lebten. Sie wurden auf verschiedenen Wegen des Sklavenhandels nach Bolivien überführt: über die Karibik, Panama, Kolumbien und Peru, bis der Hafen von Buenos Aires eröffnet wurde. Viele ‚Objekte' (wie die Sklaven genannt wurden) wurden jedoch über von der Krone nicht genehmigte Routen geschmuggelt, und diese Zahl wurde durch die Ankunft entlaufener schwarzer Sklaven und freier Schwarzer aus den Nachbarländern weiter erhöht.

Die nach Amerika und Bolivien gebrachten Schwarzen gehören verschiedenen afrikanischen Ethnien (und Sprachgruppen) an; die Bantu sind diejenigen mit dem größten kulturellen Einfluss in der Region. Die Bantu-Kulturen dominierten andere wegen ihres militärischen Imperialismus, wegen ihrer disziplinierten Arbeit, die mit unzähligen Fortschritten wie Metallverhüttung, Landwirtschaft, Viehzucht und Fischerei zu tun hat, zusätzlich zu komplexen sozialen Strukturen, einer ausgeklügelten Philosophie und einer starken religiösen Strömung.

Die afrikanische Bevölkerung begann kurz nach der Ankunft von Christoph Kolumbus in Amerika einzutreffen. Die ersten, die als Sklaven in Spanien und Portugal geboren wurden und lebten, die bereits die spanische Schrift, die Religion ihrer Sklavenhalter beherrschten und ihre Herren als Träger, Entdecker und auch als Kämpfer begleiteten, wurden Ladinos genannt.

Diejenigen, die in größerer Zahl direkt aus Afrika kamen, um in den amerikanischen Minen und Plantagen zu arbeiten, waren die sogenannten ‚schwarzen Bozales'. Sie wurden für harte Arbeit in den Minen von Potosí und in der Metallverhüttung und Münzprägung eingesetzt. Sie brachten bereits fortgeschrittene Kenntnisse in Bezug auf Metallschmelzen mit. Die harte Arbeit und die Misshandlungen, die sie in den Minen erlitten, sowie die rauen klimatischen Bedingungen von Potosí führten jedoch dazu, dass viele von ihnen starben. Angesichts dieses Problems wurden sie an die Farmen in den Yungas weiterverkauft, da der Anbau von Koka, Kaffee und Ähnlichem ebenso wichtig war für die Anreicherung von Reichtum. Auf diesen Farmen arbeiteten Schwarze bis zur Agrarreform von 1952 als Sklaven, Haushüter, Köchinnen, Haushälterinnen und Kindermädchen (sog. Milchmädchen).

Die Situation der Afro-Frauen in der Kolonie war ähnlich oder sogar noch schlimmer als die der Männer. Ihre Situation war besonders belastend, weil sie ständig darum kämpften, bei ihren Kindern bleiben zu können und, wenn möglich, deren Freiheit zu sichern. Die Kernfamilie jeder Gruppe war damals in Afrika zerrissen worden und in Amerika war der Versuch, sie zusammenzuhalten, sehr hart.

Schwarze waren Luxusobjekte, da ihr Preis sehr hoch war. Je mehr schwarze Sklaven der Hausherr besaß, desto reicher war er und desto angesehener. Ein Schwarzer wurde also als exotisch verstanden und seit der Kolonie als dekoratives Element in Häusern, Paraden und Protokollen vorgezeigt.

Es wird geschätzt, dass 12 Millionen Schwarze nach Amerika gebracht wurden, nicht mitgerechnet die, die auf den beschwerlichen Reisen in den großen Sklavenschiffen bei der Überquerung des Atlantiks starben, und nicht mitgerechnet die Zahl der Afrikaner, die bei der Jagd getötet wurden, die die Weißen in afrikanischen Ländern auf sie machten. Die Schwarzen wurden in geringerer Anzahl in Minen an hochgelegene Orte gebracht, wie in Bolivien und Mexiko, da dort schon ihre einheimischen ‚Brüder' dieselbe Arbeit erledigten, wie die Sklaven nun sollten, wenn auch mit etwas anderer Behandlung. Die meisten aber waren für die Karibik und das heutige Brasilien bestimmt, wo es keine so strukturierten indigenen Organisationen gab. Schwarze Sklaven waren für das Plantagensystem in Kaffee-, Tabak-, Reis-, Baumwoll- und Zuckerrohrplantagen unerlässlich.

Der Schwarze galt als Objekt, er war verpflichtet, seinen Herren in welcher Weise auch immer zu dienen, und seine Arbeit kam einer weißen Minderheit in der ganzen Welt zugute sowie den europäischen Kolonialherren, den Kreolen und Mestizen. Seine Arbeit war notwendig, um den europäischen und den amerikanischen Kapitalismus in den Händen großer Ausbeuter zu entwickeln. Seine Teilnahme wird von der offiziellen Geschichte nicht anerkannt, außer als bloßes Kauf- und Verkaufsobjekt oder als Beteiligter an Aufständen. Allerdings gab es doch einen sehr aktiven Eingriff in die Befreiungskämpfe der Unterdrückten der Sklaven, Indianer und armen Spanier. So kämpfte im Túpac Katari-Aufstand eine kleine Anzahl Afro-Nachkommen an der Seite des indigenen Anführers als Artilleristen oder Schützen. Während des Unabhängigkeitskrieges war dieser Teil der Bevölkerung mehrmals gezwungen, gegen seinen Willen und seine

Interessen zu kämpfen, denn sie spürten, dass die Unabhängigkeit sie nicht frei machen würde.

Mit der Gründung der Republik (6. August 1825) verfügte Simón Bolívar die Freiheit der Sklaven, aber spätere Regierungen wichen dieser Bestimmung aus, bis ihnen während der Präsidentschaft von Manuel Isidoro Belzu eindeutig Freiheit gewährt wurde (1851). Diese Bestimmung reichte ihnen jedoch nicht aus, um die volle Freiheit zu genießen, da sie bis zur Agrarreform von 1953 nur Sklaven der Farmen waren.

Der Widerstand der schwarzen Sklaven bestand nicht nur in den Aufständen, sondern auch in der Ausübung ihrer Kultur, einer passiven Art, sich das Wenige, das sie hatten, nicht nehmen zu lassen. Die sozialen Kämpfe der Schwarzen am Ende der Kolonie und in den ersten Jahren der Republik waren hauptsächlich für ihre Freiheit und gegen die Ausbeutung, der sie ausgesetzt waren.

Die zahlreichen Aufstände der Schwarzen zu Beginn des 19. Jahrhunderts waren neben der Verknüpfung zu den Unabhängigkeitsbewegungen mehr noch Aufstände gegen die Ausbeutung oder mit der klaren Forderung verbunden, ihre Freiheit zu erkämpfen, ohne wirklich zu der einen oder anderen Partei zu gehören.

Ein besonderes Ereignis ist die Rebellion der Schwarzen, die im August 1809 in Santa Cruz stattfand, eine Revolte, an der sich freie portugiesische Afros, Afro-Sklaven und tributpflichtige Indianer beteiligten und die vom Halbschwarzen Franciscote angeführt wurde.

Nach der Unabhängigkeit verließen die Afros die Städte und es wird angenommen, dass ihr Hauptziel Brasilien war. Die Afro-Sklaven aus den Yungas hingegen blieben auf den Landsitzen, wo sie zu Lohnarbeitern wurden.

Ab dieser Zeit entspricht ihre wirtschaftliche Situation der der indigenen Lohnarbeiter, da Afro- und Aymara-Arbeiter unter ähnlichen Bedingungen auf den Landsitzen in den Yungas zusammenlebten. Die Koexistenz zwischen Afro- und Aymara-Arbeitern führte zu einem interessanten Synkretismus, der sich in Aspekten des täglichen Lebens wie der Kleidung und Frisur der Frauen sowie der magischen und religiösen Mentalität widerspiegelt. Es ist eine Mischung aus uralten Überzeugungen afrikanischer und andiner Herkunft mit starkem Einfluss des Katholizismus, der heute in verschiedenen Gemeinden in den Yungas, insbesondere bei den älteren Generationen, gepflegt wird.

Obwohl die Afros der Yungas sozial mit den Aymaras, ihren Leidensgenossen, gleichgesetzt werden, ist es interessant zu beobachten, dass sie im täglichen Leben und in ihrer politischen, sozialen und religiösen Organisation, zu der auch hierarchische Strukturen aus dem ursprünglichen Afrika gehören, Grundlagen des kulturellen Überlebens aufrechterhielten; dies ist der Fall bei König Bonifatius Pinedo.[15]

In der zweiten Hälfte des zwanzigsten Jahrhunderts gab es den Niedergang der Großgrundbesitze in den Yungas, weil die Agrarreform

---

[15] Der aktuelle König der Afrobolivianer, der in den Yungas lebt.

von 1953 das Land an die Landbevölkerung verteilte, an Afros sowie indigene Gruppen gleichermaßen.

Auch in jener Zeit war die Situation des Afros der der Indigenen ähnlich, mehr noch, als aufgrund des Einflusses der revolutionären Ideologie der Zeit das Klassenkriterium über das der ethnischen Herkunft siegte. So wurde der Begriff „Campesino", also ‚Bauer' anstelle von „Indio" verwendet – ein Begriff, der mehr als drei Jahrzehnte lang vorherrschte – auch für die Afro-Bevölkerung. In den Jahrzehnten nach der Agrarreform schlossen sich Aymaras und Afros den Agrargewerkschaften an, und beide wurden zu Grundbesitzern.

Diese Änderung der Begrifflichkeit konnte man gut mit dem Wirtschaftssystem begründen. Allerdings erreichte sie auch, dass die Begriffe „negro" und „indio", also Schwarze*r und Indi*o/a als negativ konnotiert wurden. Ende der siebziger Jahre entstanden in Bolivien, wie in vielen lateinamerikanischen Ländern, starke Strömungen, die versuchten, ethnische Kriterien aufzuwerten und ein Bewusstsein für die Unterdrückten in Bezug auf ihre Kultur und Ethnizität zu schaffen.[16]

Der Tata Belzu

Manuel Isidoro Belzu, geboren 1808, kann als Wegbereiter der bolivianischen nationalistischen Bewegungen des 19. Jahrhunderts gelten. Man erinnert sich an ihn wegen seiner Wirtschaftspolitik, der Verfassungsreform, dem Kampf der Freihändler gegen Protektionisten

---

[16] Fragmente aus der Serie: MOCUSABOL 2003.

(letztere Strömung vertrat er) sowie wegen der überwältigenden Unterstützung, die er von den Volksschichten, insbesondere von Handwerkern und Bauern, erhielt und aus den unterdrückten bolivianischen Mehrheiten. Belzu war zwischen 1848 und 1855 Präsident der Republik, und während seiner Regierung forderte er die Eliten der Zeit offen heraus und schaffte es, einen revolutionären und integrativen Diskurs durchzusetzen, der auch nach seiner Machtübernahme gehalten wurde:

Bis jetzt wart ihr nichts als das Gespött der anderen Klassen, ihr Eigentum, ihre Sklaven, immer nur Gegenstand von Belastungen, aber niemals von Belohnungen [...] Ich werde euch darum von solch einer schändlichen Bevormundung befreien und euch eure Würde als Männer und eure Rechte zurückgeben, die so lange von der alten Aristokratie und von dieser Oligarchie an sich gerissen wurden, die törichterweise glaubte, dass sie sich als Befehlshaber der Republik verewigen würde [...] ihr werdet das sein, was man ein souveränes Volk nennt, ihr werdet das sein, was sie waren, das heißt Departmentspräfekten, Provinzgouverneure, Korpschefs, Bischöfe, Magistrate, Justizminister, Oberste, Generäle; ihr werdet schließlich die Eigentümer und Herren der Republik sein. (Stefanoni 2011)

Es besteht kein Zweifel, dass Belzu ein Visionär und seiner Zeit voraus war, indem er die großen Revolutionen der Unterdrückten initiierte, die ihre Emanzipation bis heute noch nicht abgeschlossen haben. Seine von Widersprüchen, Licht und Schatten geplagte Regierung hat jedoch ein historisches Erbe hinterlassen, das wir trotz aller Kritik oder Darstellungen, die man ihr zuteilwerden lässt, erst heute verstehen können:

Einige sahen Belzu als den dunkelsten Herrscher in der bolivianischen Geschichte des 19. Jahrhunderts an, andere machten ihn zu einem Idol, einem Symbol der Volksjustiz. Belzu wurde als gefräßiger Caudillo bezeichnet, als Barbar, der an der Macht blieb, indem er sich auf die Armee stützte, und sogar als Kommunist und Populist. (Schelchkov 2011)

Der Legende nach geriet Belzu so vollständig in die Verwaltung des Staates und festigte seine Führung mithilfe einer Reihe von Damenröcken. Seine Frau, die fünfzehnjährige Juana Manuela Gorriti, hatte eine Affäre mit dem ehemaligen Präsidenten General José Ballivián. Als Belzu davon erfuhr, beschloss er nach einer melodramatischen Schlägerei seine Präsenz in der Politik zu vertiefen und seine revolutionären Ideen pragmatisch zu konkretisieren.[17] So begann der ‚Tata' Belzu, wie ihn die Bauern nannten, eine Reihe von Reformen und Veränderungen des Staates, wobei er trotz aller Verschwörungen und Angriffe, die seine Feinde auf ihn vorbereiteten, immer die Ärmsten begünstigte.

[...] Aufstände und Putschversuche gegen Belzu wurden vom Mob niedergeschlagen. Der US-Vertreter in Bolivien, John Appleton, schrieb am 28. Juni 1849 an Außenminister Clayton: „Das edle Volk, die Offiziere und Soldaten wollen die Rückkehr von General Ballivián." Die Bewegung zu seinen Gunsten scheiterte an der mutigen Unterstützung der Regierung durch die Cholos und Indianer. Dieser Teil der Bevölkerung wurde während der Ballivián-Regierung gewissermaßen unterworfen. Obwohl Oruro, La Paz und Cochabamba leicht vom Rebellenmilitär eingenommen wurden, das von den Reichen und Anständigen unterstützt wurde, wurden die Revolutionäre sofort vom Volk

---

[17] Tineo Velasco 2012 in *El Deber*.

weggefegt. Der Satz fasst klar zusammen, worum es geht. (Stefanoni 2011)

Aber vielleicht war Belzus wahre Heldentat, mehr wegen seiner Einfachheit als wegen seiner Popularität und historischen Anerkennung, das Gesetz, das die Sklaverei in Bolivien abschaffte, erlassen am 23. September 1851.[18] Und obwohl es in der Praxis nicht sehr erfolgreich war – wie es bei der Initiative des Befreiers Bolívar der Fall war – und es nur gute Absichten waren,[19] wurde Belzu im Laufe der Zeit zu einem Symbol der Freiheit für das afrobolivianische Volk. So sehr, dass zu Beginn jedes afrobolivianischen Saya-Songs der Refrain gesungen wird: „Isidoro Belzu, bandera ganó, ganó la bandera del altar mayor…" (‚Isidoro Belzu, es hat die Flagge gewonnen, gewonnen hat die Flagge des Hochaltars…').

Der Lebensweg

Als Alejandro aufwuchs und reifte, was bereits in La Paz geschah, gab es eine Reihe von Ereignissen, die ihn dem Moment näher und näher bringen würden, den er zu leben geträumt hatte. Es war schwierig,

---

[18] Im Jahr 2011 wurde der 23. September durch das Gesetz 521 des Plurinationalen Staates Bolivien zum Nationalfeiertag des afrobolivianischen Volkes erklärt, um genau an dieses historische Datum zu erinnern (*La Razón*, 23.09.2011).
[19] Wir sehen den ehemaligen Präsidenten nicht als Befreier des afrobolivianischen Volkes. Diese Abschaffung kam nicht zustande und blieb eine gute Geste. Wir mussten ein weiteres langes Jahr warten, bis unsere Rechte endlich anerkannt wurden und das afrobolivianische Volk sichtbar wurde. Juan Carlos Ballivián, Vertreter des Afrobolivianischen Nationalrates (Conafro) (*La Razón*, 23.09.2011).

muss er zugeben, aber seine Worte sind kein Bedauern, sondern eher eine Art Ruhe, Anpassung.

— *Wie hast du dich in einer so großen Stadt wie La Paz zurechtgefunden? Warst du in den einschlägigen Bars? Oder hast du dich versteckt?*

— *Nun, ich muss sagen, dass der Untergrund auch Schwulenclubs beinhaltet. Du weißt, dass wir zu meiner Zeit ins „Taurus" in Miraflores gegangen sind. Wer hätte gedacht, dass sich direkt vor dem Stadion eine Schwulenbar befindet? Ich nicht! Aber das Interessante ist, dass die Bar von 11 Uhr nachts bis 5 Uhr morgens, manchmal bis 6 Uhr, aufhatte. Für mich war das zu spät zum Weggehen und zu früh, um nach Hause zu kommen. Ein Freund, der später mein Partner wurde, lud mich in die Bar ein, und so lernte ich das Nachtleben der schwulen Community kennen. Ich muss sagen, dass ich Beziehungen oft auf heimliche Weise gehandhabt habe. Ich konnte meinen Hetero-Freunden nicht erzählen, dass ich in Schwulenclubs ging oder dass ich bei „Mr. Gay" mitgemacht hatte. Weißt du, ich hatte keine Kraft für ihre Reaktionen oder ihre Zurückweisung! La Paz ist eine mysteriöse Stadt, aber größtenteils schwulenfreundlich. Es gibt viele Menschen und Orte, die Homosexuelle willkommen heißen, aber irgendwie läuft das geheim ab. Es ist eine riesige Stadt, in der du deine Identität auslebst und irgendwie lernst, damit zu leben. Es ist nicht wie zum Beispiel in Caranavi, wo die ganze Stadt weiß, wer schwul ist, wer mit HIV lebt oder wer lesbisch ist. Aber ich muss sagen, dass in meiner Generation die jungen Männer und Frauen, mit denen ich zu tun hatte, diesbezüglich KEINE Vorurteile hatten. Irgendwie habe ich festgestellt, dass die jungen Leute in Caranavi offener sind. Aber die Dynamik ist doch überall anders, oder? Caranavi versus La Paz... ein großer*

Unterschied. Es stimmt, dass es Orte in La Paz gibt, an denen du nicht willkommen geheißen wirst, und du solltest diese Orte nicht aufsuchen. Es gibt auch einige homophobe Menschen, und die müssen wir noch ein wenig sensibilisieren.

— Wenn du dich selbst beschreiben solltest, wie würdest du das tun?

— Ich bin ein sehr friedlicher Mensch, aber wenn ich kämpfen muss, kämpfe ich. Ich bin gerne freundlich, lerne gerne Neues, bin sehr neugierig und wissbegierig und habe keine Angst, in der Öffentlichkeit zu sprechen. Ich lese, schreibe, höre gerne Anti-Establishment-Musik, wie Silvio Rodríguez, Buena Vista, Mercedes Sosa, ich mag Octavia sowie einige Cumbia-Songs. Ich mag von allem ein bisschen. Außerdem mache ich viel Sport: Ich schwimme gerne, laufe, ich habe ein Fahrrad, mit dem ich jeden Tag fahre. Ich mag Filme, Dokumentationen und trinke manchmal ein Bier oder einen Wein. Ich schließe schnell Freundschaften und versuche, in meinen widersprüchlichen Reaktionen diplomatisch zu sein.

Aber die internen und externen Prozesse, die Alejandro durchlaufen musste, um sich selbst als das zu erkennen, was er ist, zeigen nur, dass die persönliche Verfassung, wie Immer sie auch sein mag, in den Hintergrund tritt, wenn es um die eigene Würde geht. In diesem Moment muss man sich, egal was passiert, dem Schicksal stellen, das in diesem Lande nach und nach alles ändert. Zumindest für einige Leute wie Alejandro.

— *Wie war das Verhältnis zu deinen Kollegen in der Saya-Gruppe[20]?*

– *Es war interessant. Was für eine Frage, Edson! Nun, ich erzähle dir ein bisschen. In der Saya musste ich der Macho sein, den alle von mir erwarteten. Du weißt, dass in der Saya, als ich mich mit meiner Familie der Gruppe anschloss, keine Rede von Homosexualität war, geschweige denn, dass eines der Mitglieder es wagte, sich als schwul zu bezeichnen. Als ich das erste Mal dort war, traf ich viele Onkel, Tanten und Cousins, aber ich fühlte mich von der Gruppe ausgeschlossen. Du weißt, dass die Männer Schlagzeug spielen und die Frauen tanzen. Nun, patriarchalisch ist die Struktur, das können wir nicht leugnen. Die Saya ist Kultur, Tradition und altes Brauchtum. Aber ich spielte nicht gern Trommel, ich tanzte gern. Der Rhythmus war für mich wie ein Energizer. Plus, diese Trommeln machen dir Blasen, du glaubst es nicht!*

Damals machten sich meine Leute in der Saya über mich lustig, darüber, wie ich redete, wie ich mit ihnen sprach und sogar, wie ich dachte. In der Gruppe wurde ich nicht gut aufgenommen, und ich glaube, das lag an meiner homosexuellen Identität. Ich fühlte mich innerhalb derselben Gruppe diskriminiert, die selbst diskriminiert wurde! Aber das schränkte mich nicht ein, meinen schwarzen Stolz zu leben und zu fühlen. Außerdem trat ich der Gruppe bei, nachdem meine Mutter starb. Ich hatte das Gefühl, dass sie mich mit der Saya verbinden wollte, aber im Jahr 2000 wollte ich das wegen allem, was ich bereits erwähnt habe, nicht. Nach dem Tod meiner Mutter

---

[20] Alejandro war Mitglied der Tanzgruppe „Movimiento Cultural Saya Afroboliviana" („Kulturelle Bewegung der afrobolivianischen Saya').

beschloss ich, meinen afro-indigenen bolivianischen Stolz zu finden und ihn zu meinem persönlichen Stolz zu machen. Ich suchte meinen Platz in der Gruppe und bekam über die Saya hinaus den Respekt meiner Kolleg*innen auf eine Weise, die niemand erwartet hatte. Die Gruppe erhielt Einladungen zur Teilnahme an akademischen Veranstaltungen, Konferenzen, Seminaren, und viele von ihnen konnten und wollten nicht teilnehmen, sie fanden es langweilig. Aber mir hat das alles gefallen, und ich konnte irgendwie einen Ausgleich zwischen mir und der Saya herstellen, an einigen Veranstaltungen teilnehmen und weiter tanzen.

Hinsichtlich meiner Beziehung zu den anderen sage ich dir, dass es sehr wenige Afro-Freunde gibt, mit denen ich zum Tanzen oder zu anderen Dingen ausgegangen bin. Meine Afro-Freundinnen waren geselliger als die Männer. Und ich gebe zu, dass viele von ihnen Cousins und Onkel von mir sind; da waren Beziehungen kompliziert, interessant und schwierig. Aber ich kann nicht leugnen, dass ich jetzt mit vielen von ihnen freundschaftlich verbunden bin. Obwohl es das erste Mal war, dass ein Afro sagte „Ich bin schwul", gibt es heute viele Afros, Männer wie Frauen, die ihre Sexualität mehr ausleben als früher.

Aber wie kämpft man gegen ein System, das aus dem einen oder anderen Grund ständig jeden diskriminiert? Zweifellos ist die Emanzipation und Revolution der Minderheiten eines der jüngsten Ereignisse, das es wert ist, eingehend untersucht zu werden. Die Fälle, Tausende wie der von Alejandro, zeigen, dass sich erstens die Gesellschaft nach und nach verändern muss, und zweitens, dass es notwendig ist, mutige und entschlossene Menschen als Protagonisten dieser Chronik sichtbar zu machen.

— *Hast du dich jemals diskriminiert gefühlt? Erzähl mir ein Erlebnis.*

— *Uiuiui! Ja, mehrfach. Ich werde dir eine Anekdote erzählen, die sich in der schwulen Community zugetragen hat. Ich erinnere mich, dass ich ein paar Mal alleine in die Bar gegangen bin und es sehr schwierig war, Freunde zu finden. Die schwule Community in dem Laden ist sehr elitär geworden. Wenn du nicht „weiß und süß" bist, kommst du in bestimmte Kreise nicht rein. Auch hängt es davon ab, ob du aktiv oder passiv bist und wie du dich in dieser Hinsicht verhältst, wer du bist und mit wem du dich treffen solltest. Natürlich fühlt man sich am Ende der Nacht allein in einer Gemeinschaft, in der Unterstützung auf Gegenseitigkeit beruhen sollte. Das in sozialer Hinsicht.*

Jetzt noch was vom Staat und der Verletzung meiner Rechte aus gesehen, da nämlich viele Male. Ich erinnere mich, dass wir einmal mit meiner Mutter zum Standesamt gingen, um meine Geburtsurkunde anzufordern, und der Beamte war sehr unhöflich in seinen Worten, als er fragte, warum meine Mutter nicht alles (Kleidung und Dokumente) aus ihrer Gemeinde mitgenommen hätte, und versicherte, dass eine schwarze Frau nicht in der Stadt geboren worden sein kann. Zweitens, dass das Standesamt der Stadt La Paz nur den in der Stadt Geborenen Dokumente zur Verfügung stellen konnte. Meine Mutter sagte ihm, dass es nicht für sie sei und sagte ihm, dass es für mich sei, worauf der Beamte antwortete: „Sind Sie sicher, dass Ihr Sohn in der Stadt geboren wurde?" Meine Mutter sagte ihm sehr wütend: „Sie haben nicht einmal in Ihren Unterlagen oder in Ihrer Datenbank nachgesehen, und Sie gehen bereits davon aus, dass mein Sohn nicht in der Stadt geboren worden ist." Dann sind wir gegangen. Ein paar Tage später, und weil ich das Dokument brauchte, ging ich hin und fand heraus, dass meine

Geburtsurkunde weder in La Paz noch in irgendwelchen Aufzeichnungen des Landes existierte. Ich war wie nicht registriert. Ich existierte nicht. Ich weiß nicht, ob das Diskriminierung oder Boshaftigkeit war, oder ob ich wirklich nicht in den Büchern stand. Aber was ich genau weiß, ist, dass Beamte Gespräche mit Bürgern nicht nach Hautfarbe, Kleidung oder Sprache führen sollten, und das passiert in unserem Land jeden Tag. Ende 2003 erst bekam ich meine Geburtsurkunde.

Der geltend gemachte Anspruch

Der lange Weg, den das afrobolivianische Volk auf der Suche nach seiner Würde und Selbstbestimmung durch die Verteidigung seiner Kultur zurückgelegt hat, hat das materialisiert, wenn auch auf unorganisierte Weise, woran in den vergangenen Jahren gearbeitet worden ist. Mit der Gründung der afrobolivianischen Saya-Kulturbewegung wurde der Grundstein für eine kollektive Arbeit gelegt, die Respekt und Einbeziehung in die bolivianische Gesellschaft anstrebt. Diese Gruppe wurde hauptsächlich von Afro-Frauen gegründet, die verstanden, dass sie durch die Saya, die Musik und ihre Kleidung anfangen konnten, dem Land einen Teil ihrer Kultur zu zeigen. Später, als einige der Ziele erreicht waren, wurde die Bewegung politisch und begann, ihre Einbeziehung als soziale Bewegung und politischer Akteur zu fordern.

— *Die afrokulturelle Bewegung hatte nie die Absicht, Politik zu machen, sich als soziale Bewegung zu verstehen; das war nicht die Idee. Es war rein kulturell, die Rechtfertigung, die Rückeroberung der kulturellen Werte des Volkes. Es war eher ein Streben nach Anerkennung durch die Gesellschaft, es war keine Bitte an den Staat –* erklärt Patricia Arnéz, afrobolivianische Aktivistin. [im Gespräch]

Gemeinsam mit vielen ihrer Kolleginnen und Kollegen hatte sie sich jahrelang intensiv um den kulturellen Anspruch und die Würde ihres Volkes bemüht.

— *Die massive Einwanderung von Afros in die Stadt La Paz fand Ende der siebziger Jahre statt. Die Leute erkannten uns nicht als Bolivianer, sie hielten uns für Peruaner, Brasilianer oder Kolumbianer, wir waren völlig unbekannt. So entstand diese Bewegung, um die Musik, die Saya, den Tanz des Caporal zu zeigen –* versichert sie mit einem Lächeln, das aufrichtig, aber vor allem logisch ist.

Dann fügt sie hinzu:

— *Anfang der 90er Jahre haben wir einfach angefangen, uns nach unserer Identität zu fragen, Anerkennung vom Staat, von der Gesellschaft, von den Völkern zu suchen.*

Patricia wurde in Tocaña geboren, kennt aber alle Gemeinden, in denen Afrobolivianer leben.[21] Schon in jungen Jahren wurde sie Aktivistin und beschloss, sich am Aufbau einer Gesellschaft zu beteiligen, die sie und ihr Volk anerkennt. Ihre Vision, sowohl

---

[21] Tocaña ist einer der wichtigsten Orte für Afrobolivianos in den Yungas, nicht weit von Coroico, aber höher in den Bergen gelegen. Die Übersetzerin hat dort selbst einmal kurz gelebt (2014–2015).

historisch als auch aktuell, zeigt uns, was in manchen Städten noch heute passiert.

— *Die Separation war auch in den neunziger Jahren klar. Im Zentrum von Coroico, die Weißen in der ersten Reihe, in der Nähe der Plaza; dann die Schwarzen, und drum herum, in den umliegenden Straßen, nur die Indigenen (also Aymara). Sie haben sich nie vermischt. Der Weiße musste den Weißen heiraten, der Schwarze den Schwarzen, der Indigene den Indigenen. Interkulturelle Ehen waren und sind bis heute nicht gut angesehen. In Tocaña, wo ich herkomme, wird zum Beispiel reines Schwarz am meisten geschätzt, das ist das Beste. Der ohne Vermischung. Dann kommt der ‚Mulatte‘, dann die Indigenen, die am weitesten von dieser Gesellschaft entfernt sind. Auch auf dem Friedhof von Tocaña sieht man diese Unterschiede. Er ist zweigeteilt. Auf der einen Seite die Schwarzen und auf der anderen Seite, in der Schlucht, die Indigenen —*, kommentiert sie etwas ärgerlich.

Afrobolivianer haben ähnliche Eigenschaften wie andere Gesellschaften, und eine davon ist der Machismo. Stark und markiert. Offensichtlich und schmerzhaft.

— *Die Afro-Leute haben ihre besonderen Eigenschaften, sogar in ihrem Machismo*, sagt Patricia. *Coroico ist eine Stadt, in der Frauen arbeiten und Männer auf der Plaza rumsitzen. Deshalb sagt meine Mama immer: „Heirate niemals einen aus Coroico, die sind faul, die arbeiten nicht und obendrein schlagen sie Frauen“. Die Männer arbeiten nicht. Vor allem je älter sie werden, desto öfter sieht man sie auf der Plaza. Den ganzen Tag verbringen sie mit Klatsch und Tratsch. Sie sind der Klatsch und Tratsch der Stadt. In den Dörfern arbeiten Frauen doppelt so viel wie Männer, aber trotzdem haben sie keinen*

Zugang zu Machtpositionen, zur Führung der Gewerkschaft, und sie werden nicht einmal aufgeschrieben, wenn sie an Versammlungen teilnehmen, fährt sie fort.

Der Machismo und seine Folgen neigen dazu, zu einem sozialen und öffentlichen Gesundheitsproblem zu werden. Die neuen Generationen, die die patriarchalischen Modelle der Vorfahren wiederholen, sind am stärksten exponiert.

— *Der Tourismus in Coroico, fährt Patricia fort, hat einige Besonderheiten hervorgebracht, die mit dem Machismo der Afro-Leute zusammenhängen. Zum Beispiel glauben junge Leute, je mehr Gringas sie vögeln, desto bessere Machos sind sie, und sie erhalten einen Status in der Gruppe, der sie von den anderen unterscheidet. Sextourismus ist unter Afro-Boys sehr stark ausgeprägt.*

In den letzten Jahren waren die Schritte, die in Bezug auf Gesetzgebung und Sichtbarkeit unternommen wurden, sehr wichtig, aber gleichzeitig scheint es unzureichend, wenn festgestellt wird, dass es vom Vorhaben bis zur Realität noch ein langer Weg ist.

— *Wir werden in der Verfassung anerkannt, sagt Patricia, aber wir sind immer noch das „etwas Andere". Das Thema ist in Mode gekommen. Sogar für Institutionen, die noch nie mit der Afro-Community zusammengearbeitet oder sich an uns gewandt haben. Nach der Konstituierenden Versammlung begannen sie unter anderem, Workshops mit afrobolivianischen Frauen zu veranstalten. In der bolivianischen Vorstellung von Afrobolivianern werden wir als Schwarze gesehen, die Saya tanzen und den ganzen Tag in diesen Kleidern rumlaufen. Ich denke, das ist eine Einschränkung für uns. Es beschränkt uns auf diesen einzigartigen kulturellen Ausdruck, wir werden als politische Akteure nicht ernst genommen und es vereinfacht uns zu einer folkloristischen Manifestation.*

Deshalb ist es notwendig, die Dinge so zu sagen, wie sie sind, sie in ihrer wahren Dimension zu sehen und zu verstehen, um neue Wege vorzuschlagen.

— *Das Problem in Bolivien besteht nicht darin, Afrobolivianer zu sein, das Problem ist, schwarzer Bolivianer zu sein, was anders ist, weil es in der nationalen kollektiven Vorstellung eine andere Konnotation innehat. Der „Afrobolivianer" hat zwei Ansichten: eine, die mit Kultur zu tun hat, und die andere, die mit einem sozialen und politischen Akteur zu tun hat, aber nicht mit Menschen. Für die Menschen sind wir schwarz, nicht afrobolivianisch, und sie beziehen uns direkt auf die Saya und sonst nichts,* betont Patricia.

Aber die Diskussion und Reflexion über das afrobolivianische Volk, seine Kultur, seine Geschichte und seine Rolle in der Zukunft Boliviens haben gerade erst begonnen.

— *Jorges Ankunft in der Abgeordnetenkammer[22] markiert einen wichtigen Meilenstein in der Geschichte von Afros,* fährt sie fort. *Er ist der erste schwarze Abgeordnete in der Geschichte des Landes. Wir haben als historische Meilensteine die Abschaffung der Sklaverei in der*

---

[22] „Jorge Medina ist der erste Afro-Nachkomme in der Geschichte Boliviens, der einen Sitz in der Abgeordnetenkammer der Plurinationalen Versammlung einnimmt. Seit 1988 hat er den Kampf der Afrobolivianer angeführt und es geschafft, dass die neue Verfassung ihre Rechte auf Selbstbestimmung anerkennt" (*El Deber*, 16.06.2013).

Regierung von Präsident Belzu und die Agrarreform von 53, die immer noch eine anhängige Debatte innerhalb des afrobolivianischen Volkes ist. Diese Reform hat uns das Recht auf Identität verweigert und eine Identitätskrise erzeugt, indem sie die Begriffe „schwarz" und „indigen" eliminiert und durch das Wort „campesino" ersetzt hat, weil sie uns auf diese Weise alle gleich macht, und eine große Leere hinterlassen hat innerhalb der Gemeinschaft, schließt sie.

Patricia weiß, dass der Kampf, der jetzt politisch ist, für etwas anderes genutzt werden muss. Vor allem, um einige wichtige Fragen zu beantworten.

Der individuelle Anspruch

Es geht um Sichtbarkeit, Stolz, Würde. Von einem Kampf, der individuell oder kollektiv ausgetragen wird, der aber immer, immer, bei einem selbst beginnt.

— *Wie war der Wettbewerb, den du gewonnen hast?*
[das Interview]

— *Ich habe viele Wettbewerbe gewonnen, aber ich werde dir von dem letzten erzählen, der irgendwie der interessanteste war: die „Miss Gay Transformista Bolivia 2007". Es war ein landesweiter Wettbewerb, bei dem die Teilnehmer sich einmal in traditioneller, typischer Kleidung und dann noch in vornehmer Abendgarderobe in der Stadt La Paz präsentieren sollten. Vom ersten Moment an, als ich wusste, dass ich mitmachen würde, sagte ich: „Die Saya ist mein typisches Kostüm." Ein Jahr lang habe ich an meinem Körper, meinem Tanz und meinem*

Kostüm gearbeitet. Das Kostüm war weiß und repräsentierte Reinheit im afrikanischen Kontext, mit Stickereien aus Kokablättern und Kaffeebohnen. Neben einigen Einarbeitungen von Stoffen aus Aguayo mit Silber und Gold. Ich wollte die Afro-Yunga-Kultur auferstehen lassen, aber auch die Geschichte der ersten Schwarzen in Bolivien.

Meine Galakleidung war das Werk eines der erfolgreichsten Designer des Landes, der unter anderem für Gloria Promotions arbeitete. Er half mir gerne mit meinem Anzug, bis zu dem Punkt, dass er ihn mir gab und mir keinen Cent berechnete. Er sagte zu mir: „Ich möchte, dass du den Wettbewerb gewinnst, und ich möchte, dass du gut abschneidest." Das Ballkleid war goldbesetzt mit Diamanten und Spitzen, die im Bühnenlicht funkelten. Man konnte nicht daran zweifeln, dass ich gewinnen würde! Aber um die Aufregung aufrechtzuerhalten, erzähle ich dir noch weiter von meinem Auftritt und den Jungs in der Gruppe.

Am Abend des Wettbewerbs präsentierte ich mein typisches Kostüm, genannt habe ich es „Saya con la saya" (also Saya mit der Saya). Tage vor der Veranstaltung sprach ich mit einer Gruppe Afros, aber jemand ganz Besonderes half mir, die anderen zu überzeugen. Wir haben fünf Afro-Jungs ins Café Vox, das einzige schwule Café der Stadt, eingeladen und ihnen dort gesagt, dass ich schwul bin und dass ich das Kleid bei der Veranstaltung präsentieren werde und dass ich möchte, dass sie kommen und mit mir auftreten. Sie hatten Zweifel und schienen, als hätten sie wenig Lust, aber drei der fünf unterstützten mich und die anderen beiden sagten dann auch Ja. Am Abend der Veranstaltung tauchten diese sieben oder zehn Afros auf. Ich war nervös, aber glücklich. Zum ersten Mal in der Geschichte der schwulen Community trat eine Gruppe von Afros in einem Wettbewerb auf, bei dem ein anderer Afro um die „Miss Gay Bolivia" antrat. Es war einer dieser

Momente, in denen man nicht weiß, was als nächstes passieren wird, und es sich auch nicht ausmalen möchte.

Nachdem sie die Fragen beantwortet und alle Nerven strapaziert hatten, nannten sie meinen Namen „Kenia Anderson" als Gewinnerin des „Miss Gay Transformista Bolivia 2007". Der Preis war eine Reise nach Rio de Janeiro zum Neujahrstag. Mit niemandem hätte ich mein Glück tauschen wollen. Der Titel, eine Reise und auch die Möglichkeit, der schwulen Community meine Musik, meine andere Identität zu zeigen. Meine Familie hat es nie erfahren, ich habe einfach ein paar Freunde eingeladen, die wiederum andere Freunde eingeladen haben, und so war der Tisch voll. An diesem Tag fühlte ich mich überhaupt nicht allein. Damals war ich auch mit einem Partner zusammen.

Leider konnte ich an diesem Tag nicht mit den Afro-Jungs und meinen Freunden feiern, weil ich von einigen Leuten auf der Veranstaltung Morddrohungen erhalten hatte. Ich bekam Angst und sie empfahlen mir, die Feier an einem anderen Ort zu veranstalten. Also ging ich zu einer schwulen Bar und dort feierte ich meinen Sieg.

— Planst du, eines Tages in deine Heimat (Bolivien) zurückzukehren?[23]

— Früher als ich dachte, und ich hoffe, ich kann meinem Dorf, meinem Volk und meinem Land helfen.

— Was erwartest du in Bolivien von der gleichgeschlechtlichen Ehe?

---

[23] Als dieses Interview geführt wurde, lebte Alejandro in den Vereinigten Staaten.

— *Gleichgeschlechtliche Ehen müssen durch staatliche Vorschriften genehmigt und garantiert werden. Brasilien, Argentinien und Uruguay haben zugestimmt. Ich weiß nicht, worauf wir in Bolivien warten. Wir haben eine säkulare, fortschrittliche und liberale Regierung.[24] Außerdem ist es ein Recht der homosexuellen Gemeinschaft, das bis heute in Industrieländern verletzt wird. Ich hoffe, dass die gleichberechtigte Ehe im Land anerkannt wird.*

— *Glaubst du, dass es in diesem Prozess des Wandels wichtige Veränderungen für sexuelle Vielfalt und Geschlechtsidentitäten gegeben hat?*

— *Es wäre zu voreilig, Ja zu sagen, aber der Staat hat versucht, auf die Bedürfnisse und Forderungen der LGBTIQ-Gemeinschaft einzugehen. Natürlich gibt es noch viel mehr zu tun, und wenn der Staat ihnen Priorität einräumt, bin ich sicher, dass unsere Forderungen nicht nur der LGBTIQ-Gemeinschaft, sondern der Gesellschaft im Allgemeinen zugutekommen würden.*

---

[24] Das Interview wurde zu Zeiten der Regierung von Evo Morales geführt.

Die Augen eines verliebten Bergmanns

Der Höllenschlund

Juana Beltrán Bedoya starb am 8. April 2012 im Alter von 98 Jahren in Tupiza,[25] nachdem sie beim Aufstehen aus ihrem Bett gefallen war. Sie arbeitete fünfzig Jahre lang als Palliri[26] in einer der Minen eines

---

[25] Tupiza ist eine Stadt in Bolivien im Department Potosí im Südosten des Landes. Sie ist die Hauptstadt der Provinz Sud Chichas und liegt eingebettet in das enge landwirtschaftliche Tal des Tupiza-Flusses.

[26] Palliris sind die „Frauen, die am Rande der Minen und zwischen den Bergwerkslichtungen Steine sammeln, die noch einige Mineralien enthalten. Ein langweiliger und aufopferungsvoller Job, der sie vor ihrer Zeit krank und alt macht" (Durango 2012).

Zinnbarons zu Ende des 19. Jahrhunderts. Inmitten der zerklüfteten Landschaft aus roten Bergen und Büschen, die von der Kälte traurig waren, brachte sie Sergio Choque zur Welt, das letzte ihrer drei Kinder. Sergio wuchs auf und beobachtete, wie seine Mutter auf Steinen rumhämmerte, um nach glänzenden Stückchen zu suchen, die später zu Geld wurden, um Lebensmittel zu kaufen.

Juanas Mann verließ sie, als Sergio kaum vier Jahre alt war. Sie haben nie wieder etwas von ihm gehört. Einige Bekannte erzählten ihnen Jahre später, er sei mit einer anderen Frau in den Chapare gegangen, um Koka anzubauen. Juana nahm ihren Mut zusammen und behielt all ihre Sorgen und Ressentiments für sich. Sie konnte ihre Zeit nicht damit verschwenden, weil sie drei Kinder großziehen musste. Ihr Verantwortungsgefühl und ihre Mutterliebe waren stärker als ihre emotionale Enttäuschung.

Juana begann mit knapp 15 Jahren in einer der Aramayo-Minen[27] zu arbeiten. Mit siebzehn wurde sie mit dem Vater ihrer Kinder verheiratet und arbeitete weiter, bis sie fünfzig war. Danach ging sie in Rente und zog an den Stadtrand von Tupiza in ein kleines Haus, das sie von ihren Ersparnissen gekauft hatte. Ihre älteren Kinder heirateten

---

[27] „José Avelino Aramayo (Moroya, Potosí, 1809 – Paris, 1882) war ein bolivianischer Bergbauunternehmer, der in eine sehr einfache Familie hineingeboren wurde. Als junger Mann war er Maultiertreiber und wurde später einer der Zinnbarone. Der Aufstieg des bolivianischen Bergbaus im 19. Jahrhundert ist direkt mit seinem Namen verbunden, da eine seiner großen persönlichen Obsessionen genau seine Modernisierung war. Aramayo war auf seine Weise ein Visionär, weil er die enormen wirtschaftlichen Vorteile der Ausbeutung der Zinnminen klar voraussehen konnte, weshalb er deren Verbindung per Bahn mit den pazifischen Häfen förderte" (Fernández & Tamaro 2004).

und gingen fort. Einer nach Cochabamba, um ein besseres Leben zu suchen; ein anderer zurück in die Minen, als Kohlenhändler. Juana blieb mit Sergio zurück, der die kleine Rente verwaltete, die sie mit ihrer Pensionierung bis zum Ende ihrer Tage erworben hatte.

Schon in den Minen ist das Leben beschwerlich und anstrengend, aber draußen nicht weniger. Die Bedürfnisse, Krankheiten und Ungleichheiten, die typisch für ein ungerechtes und versklavendes System sind, verteilen sich entlang der sie umgebenden Matschwege. Um sie herum sind die Städte, in denen die Bergleute und ihre Familien überleben, noch heute ein deutliches Beispiel für die schlechte Verteilung des Reichtums und für die Vergessenheit, in der sich die Bedürftigsten befinden.

Bei ihrer Arbeit als Palliri saß Juana von sieben Uhr morgens bis fünf Uhr nachmittags an der Mündung der Chorolque-Mine[28] und wartete auf die Ankunft der Rückstände, um sie alle nach Spuren von Silber, Zinn, Bismut oder Wolfram zu durchsuchen, die sie dann zusammenfügte und versuchte, in Atocha[29] an Schmuggler zu verkaufen, die das dann nach Chile oder Peru mitnahmen. Die Mine, die seit der Zeit von Aramayo nicht aufgehört hat, Erz zu produzieren oder zu versiegen,[30] übt noch heute eine besondere Wirkung aus,

---

[28] Ch'uru Qöllqë (Choro Colque), Quechua-Wort, das „silberne Schnecke" bedeutet.
[29] Eine kleine Bergbaustadt nördlich von Potosí, auf 3.658 Metern über dem Meeresspiegel.
[30] „1850 erwarb Aramayo die Carguaicollo-Mine, die dem „ladinischen Prospektor" Juan Bautista Palmero gehörte, und dank der von ihm umgesetzten technologischen Fortschritte brachte sie nach drei Jahren 300.000 Pesos pro Jahr ein" (Fernández & Tamaro 2004).

insbesondere bei den Quechuas, die sie bewundern und gleichzeitig fürchten.[31]

Juana sprach kaum. Ihre Ohren verloren im Laufe der Jahre an Schärfe, bis sie fast vollständig taub war. Sie musste sehr hart hämmern, um das Knacken des Steins zu hören, den sie in Dutzende kleinere Stücke zerbrechen sah. Wenn es kein Geld für Lebensmittel gab, weil sie nicht genug Erz zum Verkaufen finden konnte, verbrachte sie einen Teil der Nacht damit, Kleidung für alleinstehende Bergleute aus Quebrada Seca, der Ranch, auf der er lebte, zu waschen. Nie ließ sie es zu, dass es ihren Kindern an Essen mangelte; dann bliebe lieber sie ohne Essen, bevor sie sie verhungern ließ.

Als Sergio noch nicht laufen konnte, versteckte ihn seine Mutter unter ihrem Tischchen oder tarnte ihn mit ein paar Steinen, damit der Vorarbeiter ihn nicht sehen und sie nicht ermahnen konnte, wenn sie ihn zur Arbeit mitbrachte. Sergio hat nie Muttermilch getrunken; er vertrug sie nicht. Seine Mutter fütterte ihn mit Kartoffel- und Gemüsesuppe, das war das Einzige, was er den ganzen Tag aß. Sie war dünn bis auf die Knochen und die Falten um ihre Augen öffneten sich zu den Seiten wie schmerzhafte und träge Risse. Die abendliche Kälte zeigte ihr an, dass es Zeit war, nach Hause zu gehen und zu schlafen. So war es jeden Tag, jede Woche und jedes Jahr, in dem sie unermüdlich arbeitete.

Sergio, dunkelhaarig und mit neugierigen und traurigen Augen, ging manchmal etwas tiefer in die Minenmündung, kam aber sofort wieder

---

[31] Im Durchschnitt kommt jeden zehnten Tag in den Minen von Chorolque einer der Bergleute ums Leben, die die Mineralien aus ihrem Inneren gewinnen.

heraus, aus Angst vor der Dunkelheit und dem tiefen Echo, das von den Explosionen im Bauch des Berges verursacht wurde. Er lernte die Sprache der Bergleute, ihre Rituale, ihre Bräuche und wurde allmählich zum Liebling der Gruppe von Frauen, mit denen seine Mutter arbeitete. Er wuchs wie fast alle Kinder der Quechua-Bergleute in der Region auf: verzweifelt auf der Suche nach einer Möglichkeit, sich an etwas zu erfreuen, einem Versteck, um die Mängel und unzähligen Nöte zu vergessen. Tief im Inneren wissend, dass seine Zukunft vielleicht gar nicht so anders sein würde als die seiner Eltern.

Manchmal saßen die Bergleute in ihrer Freizeit in einer Gruppe vor der Mine und erzählten Geschichten. Während sie Kokablätter kauten[32] und Alkohol tranken, erzählten sie Anekdoten, Geschichten und Legenden oder kommentierten den Klatsch, den sie in der Stadt gehört hatten. Sergio ließ sich immer nah bei ihnen nieder, aber nicht zu nah, um sie zu stören. Er hörte aufmerksam zu. Er war schockiert über die Geschichte, die der Vorarbeiter der Mine einmal über ein paar diebische Gringos erzählte, die in der Nähe starben und auf der Flucht vor der Justiz ins Land gekommen waren.[33] Wie diese lernte er viele Geschichten, die er später total übertrieben seinen Klassenkameraden aus der dritten Schulklasse weitererzählte. Er hatte schon immer eine besondere Gabe, Geschichten zu erzählen. Seine Mutter, die sehr

---

[32] In der Sprache der Minenarbeiter heißt das „pijchar": Koka-Blätter kauen und in einer kompakten und faserigen Kugel im Mund behalten; Koka gibt dem Körper eine Energie- und Nahrungsquelle.

[33] 1908 verübten die berühmten amerikanischen Banditen Butch Cassidy und Sundance Kid ihre letzten Raubüberfälle in Tupiza, bevor sie von einem kleinen Zug der bolivianischen Armee in der nahe gelegenen Bergbaustadt San Vicente in die Enge getrieben wurden. Nach einer Schießerei, bei der die Banditen verletzt wurden, soll Cassidy seinen Partner erledigt und anschließend Selbstmord begangen haben.

wenig sprach, hörte ihm stundenlang geduldig zu, sah ihm in die Augen und lächelte jedes Mal, wenn er eine Pirouette oder eine Geste machte, die er irgendwo gelernt hatte.

Als er eines Tages vor der Mine saß, sah er, wie die Leiche eines Bergmanns, dem ein Stein auf den Kopf gefallen war, herausgebracht wurde. Er starrte ihn an und vergaß diesen Moment nie wieder. Blutige Augen, gespaltener Kopf, gebrochene Arme. Sergio weinte nicht oder bekam Angst. Es war etwas Zärtliches in dieser Szene. Er schien auf ihn zukommen zu wollen, ihn zu umarmen, „Danke für alles" zu sagen und ihn mit einem Zeichen der Zuneigung zu verabschieden. Er wollte seinen Vater immer umarmen, aber er konnte nicht. Die Männer, die ihm am nächsten standen kannte, die er kannte, selbst diejenigen, die hinter seiner Mutter her waren, zeigten ihm nie auch nur das kleinste bisschen Zuneigung. Sergio hatte diese Vorstellung im Kopf, aber er erwähnte sie niemandem gegenüber. Vielleicht sah er in diesem Bergmann seinen abwesenden Vater, seinen toten Vater, den Geist seines Vaters. Die Nacht brach an und mit ihr kam auch die Witwe, die er von weitem weinen hörte. Er sagte kein Wort, sondern fing an zu weinen, als er diese niedergeschlagene und traurige Frau sah.

Die Chancen im Leben

Sergio wuchs heran und wurde ein Mann, wie alle Jungen im bolivianischen Hochland zum Mann werden. Dann brach er die Schule ab und ging arbeiten. Erst als Schubkarrenschieber, dann als Lastenträger. Mit zwanzig beschloss er zu gehen und ließ seine Mutter in Quebrada Seca allein, aber er kehrte bald zurück, weil er merkte, dass er wirklich gar nichts konnte. Er war der Jüngste und Verwöhnteste und hatte daher nicht gelernt zu arbeiten. Jahre später, noch vor seinem dreißigsten Lebensjahr, versuchte er es noch einmal, scheiterte aber erneut. Also blieb er zurück als Beschützer seiner zunehmend müden und kranken Mutter.

Inzwischen hatte er das Trinken kennengelernt und kam am Wochenende immer sehr betrunken nach Hause. Er spielte Karten und wettete. Manchmal gewann er und investierte das wenige Geld, das er hatte, in Kleidung und Essen für sich und seine Mutter. Sein Leben schien nirgendwohin zu führen und er wusste es.

Mit fünfundzwanzig heiratete er Carmencita Huanca, die Tochter des Nachbarn, mit der er seit ihrem sechzehnten Lebensjahr gelegentlich eine romantische Beziehung hatte. Carmencita arbeitete auch beim Sammeln von Mineralienresten, aber sie verließ die Schule nicht und machte ihr Abitur. Die drei, Juana, Sergio und Carmencita, gingen Ende des Winters 1979, nach Tupiza, als der internationale Zinnpreis stark fiel, die Produktion der Minen zurückging und die nationale Wirtschaft zusammenzubrechen begann. Sie hatten keine andere Wahl, als die Minen zu verlassen und in die Stadt zu ziehen.

Sergio und Carmencita hatten eine Tochter, die sie Luz nannten. Sie war gesund und stark bei der Geburt und hatte schöne Augen. Sie weinte nicht als Baby und machte auch weiter nicht viel Mühe, als sie heranwuchs. Sie gewöhnte sich leicht an die Unbequemlichkeiten des Hauses, in dem sie lebte, und sprach wenig. Vielleicht wollte sie kein weiteres Problem für die Familie sein und zog es vor zu schweigen.

Als sie in Tupiza ankamen, konnten sie keinen Job finden, aber sie dachten sich einfach einen aus. Mit den wenigen Ersparnissen, die Juana hatte, kauften sie einen kleinen Tisch und begannen darauf mit dem Verkauf von Süßigkeiten, Bonbons, Keksen und anderen Leckereien an die Leute, die mit dem Zug von der National Railway Company ankamen.[34] Der Zug verließ Oruro, fuhr an Uyuni und Atocha vorbei, erreichte Tupiza und fuhr weiter nach Süden nach Villazón. Das Geschäft lief eine Zeit lang gut. Das Geräusch des Zuges, der in der Ferne vom Hochland durch die Berge herunterfuhr, war für sie eine Hoffnung, ein Ansporn, gegen Widrigkeiten anzukämpfen. Der Zug gab ihnen Leben und ermutigte sie, weiter zu kämpfen. Aber dann ging ihnen das Geld für jegliche Investitionen aus und Carmencita begann als Lehrerin in einer kleinen Schule in San Juan, einer anderen Bergbaustadt in Potosí, zu arbeiten. Da fingen die Probleme an, denn mit der Abwesenheit war es schwierig, eine Beziehung aufrechtzuerhalten, die aus Not und Zuneigung entstanden war.

Sergio trank immer mehr und vernachlässigte sich nach und nach immer mehr in seiner ohnehin prekären Lebenssituation. Luz war in der Obhut ihrer Großmutter und begann auch die Abwesenheit ihres Vaters zu spüren. Die Familie, die nie ganz vereint war, zerbrach allmählich wieder. Carmencita war die ganze Woche fort, Juana verkaufte auf dem hintersten Bahnsteig des Bahnhofs, was sie konnte,

---

[34] Die Eisenbahnen erreichten Bolivien, angetrieben von wirtschaftlichen Interessen, die mit dem Export von Salpeter und später Silber verbunden waren. Der Bau der Eisenbahn, die Atocha mit Villazón über eine Länge von 206 Kilometern verband und Uyuni und Tupiza mit Argentinien verband, begann 1915 und wurde 1925 abgeschlossen. [Heute sind allerdings so gut wie keine Bahnstrecken mehr in Gebrauch, Anmerkung S.D.].

und Sergio verdingte sich von einem Tag auf den anderen und verschwendete das wenige Geld, das er bekam.

Carmencita war es leid, so viel nach San Juan zu reisen und darum zu kämpfen, ihr Zuhause zu behalten, und eines Nachts stellte Carmencita ihm ein Ultimatum. Sergio musste einen Job finden und sein Leben verändern. Sie brauchte einen Mann, der Geld nach Hause brachte, der der Familie ein gutes Leben ermöglichte und ihrer Tochter ein guter Vater war. Weniger würde sie nicht akzeptieren. Das Leben hatte sie gelehrt, dass sie nur mit Anstrengung und Hingabe vorankommen konnten. Ihre Worte waren deutlich und endgültig. Ihr war es sehr ernst.

Überraschenderweise tat Sergio, was sie verlangte. Er war mehr als einen Monat nüchtern und begann, für kranke oder abwesende Arbeiter in Asunción, einer der Minen von Chorolque, einzuspringen. Dort lernte er Santiago kennen, einen jungen verwaisten und sehr gutaussehenden Bergmann. Zusammen machten sie die Mannschaften komplett, die in Schichten eintrafen, um das Dynamit zu platzieren, und brachten nach der Explosion die Trümmer zum Mineneingang. Es war eine relativ einfache Arbeit, aber sicherlich mühsam und erschöpfend. Sie wurden bald Freunde und zusammen gingen sie am Wochenende saufen. Santiago, ledig und in den Zwanzigern; Sergio, verheiratet und fünfunddreißig Jahre alt. Sie tranken bis zum Morgengrauen in einer kleinen Hütte gegenüber vom Markt.

Ihre Beziehung war von Anfang an von den Codes bestimmt, die ihnen das Leben und ihre Kultur auferlegt hatten. Aber da war noch etwas. Sie wurden füreinander, einer für den anderen, zu einer Zuflucht; einer

Art Oase inmitten von Leid und Erschöpfung. Sie erzählten sich ihre Sorgen und teilten das Wenige, das sie verdient hatten. Manchmal war Sergio der Vater, den Santiago nie hatte, und Santiago der Bruder, mit dem Sergio nie geteilt hatte. Diese beiden verlorenen, verlassenen, stehengelassenen Seelen wurden durch die Schicksalsschläge des Lebens, die Auswirkungen eines schlechten Lebens zusammengebracht.

Als die große Fiesta war, gingen sie zusammen hin, um sich zu betrinken. Wie immer begleitete Sergio Santiago zu seinem Haus, das auf seinem Weg lag, aber dieses Mal musste er ihn zu seinem Bett bringen, weil der zu betrunken war. Als er ihn hinlegte, streichelte Sergio fast instinktiv seine Stirn, was eine Reaktion von Santiago provozierte, der ihn sofort am Hals packte und sein Gesicht näher an seines heranführte. Vernebelt von Alkohol und Müdigkeit ließen sie zu, dass ihre tauben Münder, noch mit Resten von gekautem Koka, sich mit einer noch nie erlebten Natürlichkeit einander näherten. Santiagos Hände sanken in Sergios Rücken und er stieg ins Bett, zog unbeholfen seine Hose aus, um sich dann mit ein paar Steppdecken zu bedecken und mit diesem Freund zu schlafen, der ihm neue Erfahrungen und neue Möglichkeiten dessen bot, was er wollte, was er unter Vergnügen verstand und vielleicht Liebe.

Am nächsten Morgen erinnerte sich keiner an das, was passiert war. Sie standen auf, zogen sich an und gingen zurück in die Mine. Jeder für sich ordnete die Erinnerungen, stellte die Szene nach und versuchte zu verstehen, was passiert war. Sie hinterfragten und bestraften sich streng dafür, dass sie diese ‚Sünde' begangen hatten. Santiago ging zur Kirche, um zu beichten. Er war von Priestern in einer Einrichtung in Potosí aufgezogen worden und wusste, dass das, was er getan hatte, falsch war. Sergio hingegen beschränkte sich darauf, sich weiterhin zu betrinken.

Sie sprachen eine Woche lang nicht miteinander, außer um sich zu begrüßen und nach der nächsten Schicht zu fragen, die sie zu übernehmen hätten. Sie leugneten, was sie fühlten oder zu fühlen glaubten, und verbrachten die Nächte damit, über die Tatsache zu sinnieren. Sergio lag neben Carmencita und starrte auf das Dach aus Wellblech und Stroh, und Santiago allein in seinem kleinen Zimmer, in sein kleines Holzbett versunken.

Die Tage vergingen und mit ihnen kehrte die Normalität zurück. Sergio begann, Carmencita und ihrer Tochter Luz mehr Aufmerksamkeit zu schenken, und ihm wurde klar, dass er Juana sehr vernachlässigt hatte, diese selbstlose Mutter, die irgendwann alles für ihn gewesen war. Er ließ das Trinken ein wenig sein und blieb an manchen Wochenenden zu Hause oder ging in der Gegend spazieren.

Santiago schloss sich für ein paar Tage in seinem Zimmer ein und setzte dann seine Routine in der Mine fort. Er fing an, mit anderen Bergleuten seine Zeit zu verbringen, kam aber immer alleine nach Hause.

Sie wussten beide ohne Zweifel, dass sie nie wieder dieselben sein würden. Von klein auf darauf trainiert, Schwierigkeiten zu meistern und schwere Lasten zu tragen, nahmen sie diese Freundschaft wieder auf, die jetzt in einer Mischung emotionaler Zweideutigkeiten verwirrt war. Sie sahen einander an, zuerst misstrauisch, dann mit einem Vertrauen, das so stark war wie die Beziehung, die sie vereint hatte und wegen der sie immer noch zusammen waren.

Nachdenklich trafen sie sich eines Sommernachmittags beim ziellosen Spazierengehen. Sie waren sich nicht sicher, aber als sich ihre Augen trafen, als ihre Pupillen das Funkeln in den Augen des anderen entdeckten, kam alles, was in dieser kalten Nacht passiert war, sofort in die Gegenwart zurück und ergab einen Sinn.

Die Augen eines verliebten Bergmanns

Luz war groß geworden und mit acht Jahren das hübscheste und intelligenteste Mädchen in ihrer Klasse. Carmencita war eine qualifizierte Lehrerin geworden und schien mit der Einstellung ihres Mannes und der anscheinend vertrauten Ruhe, die damals in ihrem Haus herrschte, zufrieden zu sein. Ihre finanzielle Situation hatte sich mit Sergios Arbeit in der Mine stabilisiert. Die Familie schien in ihrer besten Zeit zu sein, und alle Mitglieder fühlten sich mehr oder weniger ruhig. Allein Juana wurde ständig krank, sie plagten immer mehr Beschwerden und ihr Gesundheitszustand begann sich unwiderruflich zu verschlechtern.

Aber es ist wahr, dass die Ruhe immer dem Sturm vorausgeht. Und in diesem Fall, mit bereits dargestellten Umständen, muss bzw. wird die Geschichte dramatisch enden. Vielleicht war es die Art, wie sich Sergio und Santiago an einem heißen Nachmittag wieder trafen, von Angesicht zu Angesicht, angezogen von dieser unvorstellbaren Kraft, die von vielen „Leidenschaft", von anderen „Liebe", von einigen „Sünde" genannt wird. Gegen Mittag versank Sergios Schatten unter seinen Füßen in jenen melancholischen rötlichen Bergen, von denen aus er sehen konnte, wie sich die Gleise am Horizont verloren. Sie hatten es natürlich nicht geplant, und doch waren sie dort. Alleine mitten im Nirgendwo, den Atem anhaltend, den Wind an ihren immer noch verwirrten Köpfen spürend. Es war Sommer und die Hitze machte sich allmählich bemerkbar.

Wahrscheinlich ist heute die Romantik dieses Treffens verschwunden. Dieser besondere Moment, dieses Nebeneinander von Leben und Schicksalen ist heute vielleicht nicht mehr in seiner wahren Dimension, mit all seiner Intensität und mit all seinen Konsequenzen zu verstehen. Es ist Zeit nachzudenken.

Sie starrten sich einige Minuten lang in die Augen. Sie hatten viele Worte im Mund, aber sie sprachen keines aus. Sie nahmen viele Dinge als selbstverständlich hin und beschlossen zu schweigen. Ein Orkan aus Gefühlen, Bildern und Erinnerungen schüttelte ihre Köpfe und ihre Herzen schmerzten. Sie schwiegen, kamen aber aufeinander zu. Es wäre schwierig, den Ausdruck auf ihren Gesichtern zu beschreiben. Eine Mischung aus Wut, Ohnmacht, Verlangen, Hoffnung, Schuld und sogar Hass. Als sich ihre Nasenspitzen fast berührten, hörte der Wind auf zu wehen, und sie küssten sich entschlossen, unbeholfen, als könnten sie durch die Kraft, die Gewalt ihrer Lippen, Kiefer und Zähne eine Szene erzeugen, deren Reaktion genau das Gegenteil von dem war, was sie erlebten. Aber dieser Kuss war ihre Art, Dinge zu akzeptieren. In Stille Ja sagen.

Wer bei klarem Verstand könnte sie verurteilen? Arme Bergleute, zum Überleben gezwungen, von der Gesellschaft verlassen und von Gott vergessen. Sie mussten schweigend nach einem Seufzer suchen, einem Riss, der es ihnen ermöglichen würde, das Licht zu sehen. Am Grund der Mine, im Dunkeln, in den Schatten, in der Sackgasse des Elends, fanden sie in dieser Beziehung einen Grund, zu versuchen, das zu erreichen, was sie als Glück verstanden. Und allein durch die Tatsache, dass sie verboten war, gab ihnen diese Beziehung die Kraft, weiterhin daran zu glauben, dass es möglich war, sie zu führen.

Sie fingen an, sich ein paar Mal im Monat heimlich am selben Ort zu treffen. Sie gingen jeder einen anderen Weg von der Stadt aus und nahmen manchmal Abkürzungen oder längere Strecken, um sicherzustellen, dass ihnen niemand folgte. An diesen sonnigen Nachmittagen, wenn eine warme Brise vom Hochland herabwehte, saßen sie mit dem Rücken zum Berg und küssten sich. Sie sprachen nicht viel. Wie unten in der Mine waren ihre Körper an eine gewisse Dunkelheit gewöhnt, an eine gewisse Stille, die sie umschloss und sie ruhig hielt, fast wie im Schlaf. Sie teilten Kokablätter, manchmal etwas Alkohol und planten das nächste Treffen. Sie versuchten, so weit wie möglich das Thema Familie auszusparen. Die Schuld lenkte sie ab und brachte sie von dem weg, was sie aufbauten. Sergio nahm fast mitfühlend seine Hand, als wäre er ein verlorenes und verwaistes Kind. Santiago hingegen spielte mit ihm, neckte ihn, erzählte manchmal Witze und hatte immer ein Lächeln im Gesicht.

Sergio sah ihn sehr genau an. Jede Bewegung, jede Geste, jede Gebärde hielt er auf seiner Netzhaut fest. Vor ihm entwirrte sich Santiago, verlor seine Struktur, wurde ein offener und scheinbar glücklicher Mann. Manchmal zitterten seine Augen und das Leben schien in Tränen auszugehen. Kleine heiße und salzige Kugeln keimten spontan, trockneten aber schnell aus. Er erlaubte Santiago nicht, sie zu sehen, und versuchte, sich zu beherrschen. Aber er sah ihn weiter an. Er schaute auf seinen Mund, wenn dieser sprach, wenn er ihm irgendeine Geschichte aus dem Waisenhaus erzählte. Er bemerkte die dicke Nase, die unverhältnismäßig buschigen Augenbrauen, die runden Ohren. Er richtete seinen Blick auf eine Art Aura, die seine Vorstellungskraft um Santiago erzeugte. Manchmal wollte er nicht blinzeln, um nicht einmal für eine Tausendstelsekunde irgendein Detail dieses Menschen zu verpassen, der ihn so glücklich machte.

Obwohl sie auf verschiedenen Ebenen derselben Mine arbeiteten, trafen sie sich mehrmals nach dem Mittagessen mit anderen Bergleuten rund um den „Tío" zum üblichen Ritual.[35] Dieser Gestalt, halb dunkel und halb göttlich, vertrauten sie schweigend ihr Leben und ihre Zukunft an. Sie teilten mitschuldige Blicke und stille Wünsche.[36] Dann arbeiteten sie weiter und dachten vielleicht an ihr nächstes Treffen.

Doch als sich die Beziehung zu festigen begann, kam der schicksalhafte Moment, der sie zwang, sich zwischen dem Leben, das sie führten, und dem, das sie in den Augen der Gesellschaft führen sollten, zu entscheiden. Damals heiratete der Sohn eines der Vorarbeiter und beide wurden zur Hochzeit eingeladen. Man kann sich unschwer

---

[35] Anmerkung S.D.: „Tío" heißt eigentlich ‚Onkel'. Es handelt sich um die Figur, die an der zentralen Stelle einer Mine platziert wird, auf einem kleinen Altar, mit Kokablättern und Devotionalien geschmückt; er wird als Schutzpatron angebetet von den Minenarbeitern, die sich vor ihm versammeln. „El Tio ist auch ein Gott. Dios (Gott), Tios, Tio, die Sprache hat ein Wort in ein anderes verwandelt. Es ist nicht mehr die Vorstellung des Teufels als Inkarnation des Bösen, sondern des vergöttlichten Charakters, der in der Andenlogik Teil der Unterwelt ist, in der Himmel oder Hölle nicht christlich beschrieben werden, sondern die Parallele Koexistenz zweier Welten, die sich ergänzen" (Mesa Gisbert 2013: 121).
[36] „…Der ‚Tio' der Mine, der mit erigiertem Penis am Eingang von Socavón steht und den Bergleuten, die Koka, Tabak und Alkohol opfern, ihre Sicherheit und ihren Erfolg bei der Verfolgung der Ader garantiert" (idem).

vorstellen, was dort geschah: Sie betranken sich wie alle Gäste und tanzten mit den Cousinen der Braut, die als besondere Gäste aus dem Landesinneren angereist waren. Santiago fing an, mit einer von ihnen zu flirten, und für einen Moment wollten sie sich küssen. Sergio beobachtete ihn aufmerksam vom anderen Ende des Raumes, neugierig, eifersüchtig, leidenschaftlich. Inmitten der vom Alkohol verursachten Raserei und dem nächtlichen Trubel näherte sich Sergio Santiago, nahm ihn am Arm und führte ihn zur Tür. Sie konnten nicht anders, als gesehen zu werden, wie sie sich küssten, zusammen gingen und sich in einer dunklen Gasse verirrten. Von da an begann alles auseinanderzufallen.

Sergio und Santiago bemerkten es nicht. Es war nicht so schlimm. Es war schon einmal passiert: Zwei betrunkene Bergleute, die von einer Party fliehen, „ihr Ding erledigen" und dann ihr Leben fortführen, als wäre nichts gewesen. Das ist erlaubt, wenn Sie unter Alkoholeinfluss stehen. Nur in diesem Zustand willigen die Quechuas ein. „Betrunkene Dinge", „Dinge, die passieren", sagen sie. Am nächsten Tag ist alles wie vorher. Aber während des ganzen Winters und in dem Glauben, eine gewisse Toleranz erreicht zu haben, fuhren sie fort, jedes Mal, wenn sie eine Party besuchten oder eine Chichería verließen, den gleichen Wunsch zu haben, sich zu betrinken und gemeinsam zu gehen. Bald verbreiteten sich Gerüchte. Es wurde gesagt, dass Sergio seine Frau für diesen jungen Mann verlassen hatte. Dass Santiago ihn ausnutzte, um ihm Geld aus der Tasche zu ziehen. Böse Kommentare verbreiteten sich unter seinen Freunden und erreichten bald die Ohren der alten Klatschweiber des Ortes, und bis in Potosí war bekannt, dass da zwei schwule Bergleute in einer Mine in Chorolque arbeiteten.

Als Sergio am Montag nach einer Party in der Mine ankam, bemerkte er, dass einige Leute ihn misstrauisch ansahen. Sie kicherten und glucksten und eine der Frauen bekreuzigte sich sogar, als sie ihn in der Tür sah. Irgendwas war falsch. Sergio fuhr mit seiner Routine fort. Er ging in die Mine, schnappte sich seine Spitzhacke und machte sich an die Arbeit. Während er die Dichte des Steins berechnete, den er an diesem Morgen abreißen musste, steckte er sich Kokablätter in den Mund und versuchte, dieser Angst, die ihn plötzlich befiel, nicht allzu viel Bedeutung beizumessen. Er blickte aus dem Augenwinkel um sich, wie manche Tiere es tun, bevor sie vor Raubtieren fliehen. Er war unruhig. Er spürte, dass die Gefahr nahe war, und wie nie zuvor verspürte er panische Angst.

Nachdem die Sonne bereits hinter den Bergen untergegangen war, verließ er das Bergwerk und ging ins Dorf hinunter, um etwas zu essen zu suchen. An diesem Abend musste er Santiago treffen, um über das Geschehene zu sprechen. Er war überzeugt, dass etwas nicht stimmte und wollte ihm seine Bedenken mitteilen, um herauszufinden, was zu tun war. Er setzte sich auf den zentralen Platz, um auf Santiago zu warten, bis ihn die Kälte zum Gehen zwang. In dieser Nacht konnte er nicht schlafen. Am nächsten Morgen, bevor er zum Bergwerk ging, rannte er mit den ersten Sonnenstrahlen am Horizont zu Santiagos Haus. Er klopfte. Er klopfte noch einmal. Niemand öffnete. Er trat durch ein Fenster ein und entdeckte, dass Santiago nicht da war, dass er für immer gegangen war.

Weglaufen, um zu schreiben

Ich finde Sergio Choque verwirrt und schwer verletzt im Krankenhaus von Tupiza. Laut Polizeibericht wurde er in der Nacht zuvor „von einer

Gruppe betrunkener Jugendlicher angegriffen, die seine Sachen stehlen wollten".

Sergio schläft in einem Bett mit Blick in den Garten, obwohl die Vorhänge zugezogen sind. Er teilt sich das Zimmer mit einem Jungen, der einen gebrochenen Arm hat. Der Junge begrüßt mich nicht, als ich hereinkomme; er ist zu sehr auf den Chat auf seinem Handy konzentriert. Manchmal bricht er in ein kleines Lachen aus, das er zu unterdrücken versucht, wenn er sich beobachtet fühlt. Sergio hat Verbände am Kopf und am rechten Auge; seine Nase ist geschwollen und seine Hände und Arme sind aufgeschürft. Der grüne Schlafanzug, den sie ihm im Krankenhaus gegeben haben, ist ihm zu groß. Er stinkt nach Alkohol.

Vor 15 Tagen verließ er La Colmena, ein Rehabilitationszentrum für Alkohol- und Drogenabhängige in Tarija, wo er fast sechs Monate im Krankenhaus lag. Er kehrte nach Tupiza zurück, um das Haus seiner Mutter als Erbe zu beanspruchen, das ihm seiner Meinung nach rechtmäßig gehört. Jahre zuvor kämpfte er mit Jerónimo, seinem älteren Bruder, der das Haus behielt. Er musste wieder gehen, um sich irgendwie über die Runden zu schlagen. In Runden eines Lebens, das ihm aus den Händen glitt, das mit der Zeit verwässert wurde und das er nie zu fassen wusste.

— *Ich habe mich um sie gekümmert. Ich habe ihr Essen zubereitet, ihre Kleider gewaschen und das Haus geputzt. Wie eine Hausangestellte in einem Haus arbeitet*, sagt er. Er spricht mit Mühe. Die Worte bleiben ihm im Mund stecken. Einen Moment lang schweigt er mit verlorenem Blick und versucht, sich an etwas zu erinnern.

Als er an jenem Morgen erfuhr, dass Santiago gegangen war, hatte er das Gefühl, dass sein Leben zu Ende ging. Oder zumindest ein Teil seines Lebens. Er arbeitete den ganzen Tag hart, ohne mit jemandem zu reden. Er aß nicht einmal zu Mittag. Er ging, ohne sich zu verabschieden, und lief, als würde er verfolgt. Er fühlte den Berg auf sich herabstürzen. Als er nach Hause kam, sah er, wie seine Frau einen alten Koffer schloss, in den sie all ihre Kleider und die ihrer Tochter gelegt hatte. Sie verließ ihn. Sergio, fassungslos und ohne zu wissen, was er tun sollte, setzte sich hin, um sich die Reihe von Beleidigungen und Beschwerden anzuhören, die Carmencita völlig außer sich schrie. Sie hatten ihr alles erzählt. Seine Affäre mit diesem jungen Mann, diese sündige Beziehung, die in aller Munde war. Sie hatten sich über ihre Ehe, ihre Tochter und ihre Ehre als Frau lustig gemacht. Sie weinte untröstlich. Auch Sergio weinte, aber schweigend, hilflos und verwirrt. Beim Gehen schlug Carmencita die Tür zu und Sergio sah sie nie wieder, ebenso wenig seine Tochter, von der er sich nicht verabschieden konnte.

— *Ich habe meine kleine Tochter nie wieder gesehen*, erzählt er zwischen Tränen, die ihn daran hindern, seine Worte richtig zu artikulieren. *Ich blieb allein mit meiner Mutter, wie als ich ein Kind war und auf die Welt kam. Sie kamen nie zurück.*

Tage später erfuhr er, was passiert war. Eine Gruppe Bergleute hatte Santiago in einer Höhle eingeschlossen. Dort schlugen sie ihn und drohten, ihn zu töten. „Schwulen ist genau wie Frauen der Zutritt zur Mine nicht gestattet. Du hast Pech. Du musst gehen", sagten sie ihm und ließen ihn blutend auf dem Boden liegen. Santiago floh aus der Stadt, reuig und voller Angst. Man hat nie wieder von ihm gehört.

— *Ich wurde allein gelassen. Meine Mutter hat mir mit dem Essen geholfen, aber ich habe nie wieder in der Mine gearbeitet. Deshalb bin ich ihr Pfleger geworden,* sagt er etwas verlegen.

Nun begann Sergio wirklich ernsthaft zu saufen. Er verlor seine Familie, seine größte Liebe und kündigte seinen Job. Wenn er sich nicht umgebracht hat, dann deshalb, weil er nie die Kraft gefunden hat, seine Mutter zu verlassen, die schon seit Jahren häufig krank war. Selbstmordgedanken kamen ihm oft in den Sinn, aber er nahm sie nie ernst. Er lebte weiter von der Trägheit einer leeren Existenz. Er war ein Mann, der auf den letzten seiner Tage wartete, um das Leiden zu beenden.

Als seine Mutter starb, war er besoffen und schlief im Nebenzimmer. Sein Bruder beschuldigte ihn, sie zu Tode geprügelt zu haben, aber Sergio behauptet, es sei ein Unfall gewesen.

— *Sie war aus dem Bett gefallen. Sie war schon einmal gestürzt und ich habe ihr immer geholfen. Aber in dieser Nacht hörte ich sie nicht und am nächsten Tag fand ich sie tot. Mein Bruder hat mir die Schuld gegeben, aber ich hatte nichts damit zu tun,* verteidigt er sich, als würde ihn jemand anklagen. Dann schweigt er.

In diesem Moment betritt eine Krankenschwester den Raum. Sie fragt mich, warum ich hier bin. Ich sage ihr, dass ich Journalist bin und ihn interviewe. Sie sagt mir, dass keine Besuchszeit ist und ich gehen muss. Ich sage ihr, dass ich sofort fertig bin, dass ich dem Patienten helfen möchte, einige Medikamente zu bezahlen. Widerwillig zieht sie sich zurück. Ich höre Sergio weiter zu.

— *In La Colmena werden sie mir helfen. Sie sagten mir, sie könnten mich operieren. Sie werden das Böse herausnehmen, das ich in meinem Kopf habe. Diese Ärzte sind sehr gut. Sie wollen, dass ich ein besserer Mensch werde*, sagt er und fängt wieder an zu weinen. *Es tut mir wirklich leid, ich will mich ändern, ein guter Mann sein*, sagt er.

Aber er sieht mich nicht mehr an. Seine Augen sind an die Decke genagelt. Er fantasiert. Er spricht langsam.

— *Luz, Luz.*

Es scheint, dass er seine Tochter ruft. Schluchzen.

— *Und was hast du jetzt vor?*, frage ich ihn.

— *Ich werde weiter lernen. Ich möchte die Schule beenden. Bis zur 5. Klasse bin ich gekommen*, antwortet er mit einem traurigen Lächeln.

Er beginnt, die Augen zu schließen. Ich frage ihn nichts mehr. Ich starre ihn an und denke an seine Geschichte, sein Leben, Santiago, seine Tochter Luz. Er schläft. Die Sonne versteckt sich hinter den geschlossenen Vorhängen.

Beim Abschied bezahle ich aus einem Instinkt der Solidarität und Dankbarkeit eines seiner Rezepte und einige Medikamente. Ich gehe leise. Die Schwestern blicken mir nach.

Es ist Donnerstag. Ich miete ein Taxi und bitte den Fahrer, mich nach Quebrada Seca zu bringen. Ich möchte einige Interviews und Umfragen in der Stadt durchführen, in der Juana und Sergio lebten. Wir brauchen ungefähr drei Stunden, um dorthin zu gelangen. Es ist Mittag und ich finde nichts zu essen. Ich zünde mir eine Zigarette an und gehe durch die unbefestigten Straßen. Es sieht aus wie eine Geisterstadt. Ich komme zu einem Haus, an dem drei Frauen sitzen, und ich frage sie, ob ich ihnen ein paar Fragen stellen darf. Keine antwortet mir. Sie sprechen Quechua und ich schweige. Dann sagt mir eine in gebrochenem Spanisch, dass sie keine Zeit haben. Ich sage ihr, dass ich Journalist bin und ihnen nur ein paar Fragen stellen möchte. Sie sprechen wieder auf Quechua und dann fordert mich dieselbe Frau auf, mich zu beeilen mit dem Fragen, weil sie zurück in die Mine müssen.

Ich nehme mein Tonbandgerät und meine Umfragen aus der Tasche. Die spanischsprechende Frau beginnt, meine Fragen zu Schwulen, Lesben und Transsexuellen zu übersetzen. Sie sieht mich neugierig an. Sie sieht wütend aus. Eine andere von ihnen, etwa fünfzig Jahre alt, beendet die Beantwortung der sieben Fragen, steht auf und geht. Die gleichen Fragen stelle ich der dritten, einer jungen Frau von etwa fünfundzwanzig Jahren. Sie lächelt und fragt die andere Frau etwas auf Quechua. Die antwortet ihr wütend. Ich glaube, sie sagt ihr, sie soll sich beeilen und antworten. Als die Fragebögen fertig sind, setze ich mich neben sie. Ich frage sie nach den Leuten, nach den Kindern (ich habe sie nirgendwo gesehen), nach dem Wetter. Banale Gespräche, um Vertrauen aufzubauen.

Ein paar Minuten später kommt die Frau, die zuerst gegangen war. Sie wird von einem älteren Mann begleitet, der ein Lasso in der Hand und eine Kokakugel im Mund hat. Er fragt mich, was ich hier mache. Ich antworte, dass ich einige Nachforschungen anstelle und kleine Umfragen durchführe.

— *Solche Dinge gibt es hier nicht*, sagt er mir wütend.

Ich sage ihm, dass ich nur Fragen stelle und wiederhole, dass ich eine Untersuchung mache.

– *Solche Leute gibt es hier nicht,* betont er. *Frag lieber woanders nach, hier gibt es sowas nicht,* urteilt er mit brennenden Augen.

Ich versuche noch einmal zu erklären, dass ich nicht nach „Dingen" und „Leuten" suche, sondern einfach für eine Recherchearbeit Fragen stelle.

– *Ich sage dir, es ist besser, wenn du gehst,* schreit er mich an, als er das Lasso hochhebt und droht, mich zu schlagen.

Die Frauen gehen zusammen, ohne etwas zu sagen. Andere Männer tauchen hinter ihm auf. Ich überlege schnell. Ich neige meinen Kopf und gehe von diesem Jilakata, dem Dorfoberhaupt, weg.[37] Ich sage mir, dass es besser ist, die Klappe zu halten und wegzulaufen. Wegzuaufen, um diese Geschichte schreiben zu können. Ich steige ins Taxi und fahre zurück nach Tupiza. Es wird Nacht.

---

[37] Der Jilakata (auch Mallku genannt) ist die höchste Autorität des Ayllu, der Dorfgemeinschaft.

Frauen der Sonne

Das Geheimnis der Großmutter

Martina sitzt breitbeinig auf einer alten Bank und fächelt mit einem Lappen vor dem Gesicht. Es ist drei Uhr nachmittags und die Hitze ist auf ihrem Zenit In Suegay, einer kleinen Ayoreo-Gemeinde in Santa Cruz. Der Wind fegt den Sand auf und die Hühner gackern. Sie sieht mich fest an. Sie will mir ihre Geschichte erzählen, aber sie traut sich nicht. Ich lächle sie an, aber sie regt sich nicht. Ich bleibe still und warte. Etwa fünf Minuten später fängt sie an zu sprechen.

„Ich werde dir mein Geheimnis verraten", sagt sie mir mit ihrem Blick gen Horizont gerichtet, „aber du musst mir versprechen, dass du es niemandem weitererzählst."

Sie spricht leise, als hätte sie Angst, belauscht zu werden. Ich nicke. Warum ich mit ihrer Geschichte an die Öffentlichkeit gehen muss, erkläre ich ihr später.

Martina muss ungefähr fünfundsechzig Jahre alt sein. Sie hat Falten und graue Haare. Ihre Hände sind rau, aber ihre Augen sind noch voller Leben. Sie lächelt viel und gestikuliert, während sie spricht. Ihr fehlen zwei Schneidezähne, aber das scheint sie nicht zu stören. Sie traf mich vor ihrem Haus und erlaubte mir nicht einzutreten. Dort ist sonst niemand. Ihr Mann ist vor Jahren gestorben, ihre beiden Töchter arbeiten, ihre Enkelin ist in der Schule und ihr Neffe in der Stadt. Wir sind allein, und doch wird sie nervös. Sie sieht sich um, bevor sie ihr Geständnis fortsetzt.

„Ich habe mich vor vielen Jahren einmal verliebt. Es war eine schöne Liebe. Eine von denen, die einen zeichnen und die man mit ins Grab nimmt. Deshalb werde ich sie nie vergessen", sagt sie, ohne mich anzusehen.

„Du hast dich also in eine andere Frau verliebt", frage ich sie, obwohl ich einen Teil ihrer Geschichte bereits kenne.

„Ja. Eva. Ihr Name war Eva. Die süße Eva. Es ist lange her, aber ich erinnere mich noch an alles", sagt sie, dreht sich diesmal um und sieht mich zum ersten Mal an, seit sie begonnen hat, ihr Geheimnis zu enthüllen.

Ich habe Martinas Geschichte auf einer Reise durch die Chiquitania gehört. Es schien mir ziemlich seltsam und untypisch, dass die Existenz von Ayorea-Lesben öffentlich bekannt war. Deshalb habe ich so lange nachgefragt, bis ich sie endlich fand.

„Wir kannten uns schon vorher, aber unsere Liebe begann eines Nachmittags am Fluss. Wir haben Wäsche gewaschen. Sie zog sich aus und ich sah sie an. Ich glaube, es war das erste Mal, dass der nackte Körper einer Frau meine Aufmerksamkeit so sehr erregte. Sie bemerkte es, tat aber nichts. Sie wusch sich weiter, rieb ihr Kleid, wobei ihr halber Körper aus dem Wasser ragte und ihre Brüste in die Sonne. Sie war wunderschön", erinnert sie sich etwas verlegen.

„Und was ist danach passiert?", frage ich aus einer gewissen Neugier.

„Ich habe mich natürlich auch ausgezogen. Und wir badeten nackt, wir beide", antwortet sie mit einem verschmitzten Lächeln.

„Habt ihr euch geküsst?

„Ja. Es war unser beider erster Kuss. Wir waren sehr jung, ich war vierzehn und sie fünfzehn."

„Und von diesem Moment an wurdet ihr Freundinnen und Geliebte?

„Nein, nein, nein", sagt sie und ändert den dramatischen Ton ihrer Stimme in einen theatralischeren. „Wir konnten keine Geliebten sein, weil wir Frauen waren, nun ja. Außerdem durfte es niemand wissen.

„Warst du gerne mit einer Frau zusammen?"

„Schau mal", sagt sie mir, sieht mir in die Augen und ändert erneut den Ton ihrer Stimme, „es war eines der intensivsten Dinge, die mir je passiert sind. Anfangs war es schmerzhaft, aber dann war es zärtlich. So eine Erfahrung habe ich nie wieder gemacht."

Ich starre sie an. Manchmal weiß ich nicht, ob sie es ernst meint oder übertreibt. Sie hat verwirrende Reaktionen, aber sie ist ehrlich. Ich weiß, dass sie mich nicht anlügt. Sie erzählte mir, dass sie an jenem Nachmittag zusammen am Flussufer blieben, nackt, einander ansahen, einander begehrten, einander liebten. Sie sprachen nicht viel. Sie hatten keine Worte nach dem intensiven Gespräch, das ihre Körper geführt hatten. Die Sonne beleuchtete ihre dunkle, feuchte Haut. Ihre Augen funkelten. Alle ihre Sinne waren erregt. Nach und nach verschwand das Licht, und die Nacht hüllte sie in diese Erinnerung, die Martina noch immer frisch im Kopf hat.

Dann kehrten sie mit ihren Familien, die immer noch nicht ahnten, was zwischen ihnen vor sich ging, in ihre jeweiligen Häuser zurück. Martina verbrachte ihre Tage unruhig. Einerseits war sie in eine Frau verliebt, und das quälte sie schon. Aber noch schlimmer war, dass ihre Mutter sie am Ende des Sommers mit dem Sohn ihres Compadres verheiraten würde. Die Familien hatten sich bereits geeinigt, als sie beide Kinder waren.[38] Sie waren dafür bestimmt worden, zusammen zu sein. Martina steckte offenbar mitten in einem Konflikt, mit dem sie nicht umzugehen wusste.

„Wir haben uns einige Wochen nicht gesehen. Mit anderen Worten, wir haben uns nicht alleine gesehen, sondern nur bei Gemeindetreffen oder wenn wir als Gruppe in die Stadt gingen, um gemeinsam Lebensmittel einzukaufen", erzählt sie ihre Geschichte weiter.

---

[38] Obwohl es keine Tradition der Ayoreo ist, stimmen einige Familien zu, ihre Kinder zu verheiraten, um ihre Beziehungen zwischen den Gemeinschaften zu verbessern und ihre territoriale Reichweite zu erweitern.

„Und hast du sie vermisst?", frage ich sie und versuche, ihre Geschichte ins Rollen zu bringen.

„Ich konnte nicht aufhören, an sie zu denken", antwortet sie mir leise. Sie ist wieder nervös. Sie wusste nicht, ob sie verliebt war oder ob es nur ein Moment Sex war und nicht mehr.

„Aber sie war auch verliebt", meine ich zu ihr interessiert.

„Klar! Das habe ich aber erst erfahren, als ich geheiratet habe. Sie hat vorher nichts gesagt," sagt sie, runzelt die Stirn und wendet ihr Gesicht der Sonne zu, die es erleuchtet und zum Scheinen bringt.

Sie trafen sich nach ihrem ersten Kuss im Fluss mehrmals wieder, während sie ihre Kleidung und die ihrer Familien wuschen. Immer auf der Suche nach Ausreden, um der Gemeinschaft zu entfliehen und allein zu sein. Manchmal war es ein Gebüsch mitten in den Anhöhen, manchmal gingen sie flussaufwärts, liebten sich und kamen bei Einbruch der Dunkelheit zurück. Sie sprachen nicht viel. Zumindest nicht von dem, was zwischen ihnen passierte. Der Kontakt ihrer Haut genügte ihnen, das Keuchen und die Verrenkungen, die sie machten, wenn sich ihre Körper verbanden.

Dieser Sommer war besonders heiß. Die Temperaturen fielen nicht unter vierzig Grad Celsius. Es gab eine große Dürre und sowohl ihre Gemeinde als auch andere umliegende Gebiete mussten auf der Hut sein, um sich dem Mangel an Wasser, Nahrung und der schlechten Gesundheit der wenigen Tiere, die sie hatten, entgegenzustellen. Martina war für die Zubereitung von Essen für die Hilfsarbeiter zuständig. Sie musste eine sehr kreative Köchin werden.

Trotz alledem hat sie nie aufgehört zu arbeiten. Sie war eine fleißige und verantwortungsbewusste junge Frau. Sie hat ihre Familie nie im Stich gelassen. Sie kannte die Situation ihrer Gemeinde, ihres Volkes im Allgemeinen, das in seiner Geschichte gelitten und viel geopfert hatte. Ihre Pflicht war es, gemeinsam mit den Frauen ihrer Gemeinde einen Beitrag zu leisten, zu unterstützen, zu arbeiten und voranzukommen. Ihre Rolle als Ayorea-Frau war definiert und sie konnte, nur weil sie eine Frau war, nicht aus der ihr zugewiesenen Rolle fallen.

So vergingen die Wochen, und der Sommer verließ allmählich diese Region, während das Datum von Martinas Hochzeit unaufhaltsam näherrückte.

Evita

Mitten im Fluss, die Sonne knallt auf ihren Rücken, gab sich Evita der Frau vor ihr in einem Kuss hin. Sie fühlte sich nicht schlecht. Seit sie Martina bei ihrer Ankunft in Suegay zum ersten Mal getroffen hatte, wusste sie, dass dieser Moment kommen würde. Sie träumte viele Male davon, mit ihren Lippen die dieser fünfzehnjährigen Brünetten zu berühren, die sie schweigend begehrte.

Evita kam mit ihrer Familie in die Gemeinde, auf der Flucht vor der überwältigenden Dürre, die sich im Norden des Departments ausbreitete. Sie und ihre Mutter waren die ersten, die Tie Uña verließen, etwas ermutigt durch ihre Tante, die seit Jahren in Suegay lebte und der es nicht so schlecht ging. Dann kamen ihr Vater und ihre anderen Schwestern. Sie ließen sich nieder und fingen wieder bei Null an, bauten ihr eigenes Haus und bauten Beziehungen zur Gemeinde auf.

Evita ging nicht zur Schule. Sie arbeitete, was sie konnte, und reiste manchmal in die Stadt, verirrte sich und kehrte einige Tage später zurück. Dann half sie bei der Gemeinschaftsarbeit; zu Hause wusch sie die Kleider ihrer Brüder oder kochte. Aber die meiste Zeit verbrachte sie damit, mit ihren Freunden zu reden, mit den Freunden ihrer Mutter, oder sie saß einfach schweigend am Ufer des Flusses und dachte nach, wer weiß worüber.

Zurück in ihrer Gemeinde hatte sie von ihren Cousins, die ungefähr in ihrem Alter waren, gelernt, wenig zu arbeiten und das Leben zu genießen. Vor der Dürre, vor der Massenmigration, die ihre Gemeinschaft durchmachte, übernahmen viele Frauen die Kontrolle über die heimische Wirtschaft und schafften es, ihre Haushalte allein zusammenzuhalten. Evita lernte dort, mit der ihrer eigenen Kraft umzugehen, und sie verstand, dass sie gelegentlich ruhig arbeiten und sich dann ausruhen und bequem leben konnte.

Aber in Suegay kannte sie keine anderen Frauen wie sie und sie traute sich mit keiner von ihnen darüber zu sprechen. Außerdem hatte sie sich Martina so sehr in den Kopf gesetzt, dass sie diese „schlechten Tage" nach und nach vergaß.

Sie verspürte das unvermeidliche Bedürfnis, sich zu verlieben, da viele Frauen in ihrem Alter Ehemänner und sogar Kinder hatten. Aber es war besonders schwierig, wenn man bedenkt, dass sie Frauen mochte, besonders Martina, die das auch zu erwidern schien. Sie war verwirrt.

Deshalb hatte sie nach jenem Nachmittag, an dem sie das erste Mal zusammen waren, verwirrte Gefühle und sprunghafte Ideen, die sie in eine Art Depression stürzten, mit der sie glücklicherweise rechtzeitig umzugehen wusste und aus der sie unversehrt wieder herauskam.

Manchmal wollte sie Martina vorschlagen, zusammen fortzugehen, wegzulaufen, anderswo ein Leben aufzubauen, in der Stadt, weg von dieser Welt hier, die ihnen so viel Angst zu machen schien. Aber sie konnte sich nie dazu durchringen. Martina würde in diesem Jahr heiraten und Evita wusste, dass sie sie für immer verlieren würde. Sie wollte nicht verletzt werden von einer unmöglichen Liebe. Sie wusste aber, dass die ihre eine solche war. Deshalb zog sie es vor, zu schweigen und intensiv die Momente neben diesem Mädchen zu leben, das sie blendete, wenn sie sie nur ansah.

Als Martina ihr sagte, dass sie Jacinto, ihren Klassenkameraden, heiraten würde, bekam Evita einen Wutanfall wie ein sitzengelassener Teenager. Sie weigerte sich, das zu akzeptieren. Zuerst wurde sie wütend und sprach nicht mehr mit ihr. Nach ein paar Tagen des Weinens und der Ohnmacht traf sie sich wieder mit Martina und sie liebten sich wieder. Da verzieh sie ihr. Sie wusste, dass es nicht ihre Schuld war. Trotzdem verursachte ihr die bloße Vorstellung, dass ein Mann ihre Geliebte berührte, große Schmerzen. Eine Jugendliebe ist besonders intensiv; diese war nicht anders und verursachte ihr viel Leid. Zwei junge Mädchen, die durch ihre Leidenschaften verbunden waren. Das Aufbrausen einer drängenden Beziehung, die jeden Moment enden konnte. Eine tragische Liebesgeschichte.

Evita wusste, was die Leute über Lesben, über Homosexuelle dachten. Viele Male hatte sie Kommentare und Klatsch in verschiedenen

Gemeinden über die Anwesenheit oder Existenz dieser Leute gehört. Sie wurde traurig. Sie verstand nicht, wie etwas so Natürliches wie das, was sie fühlte, von Menschen verachtet und bedroht werden konnte, die keine anderen Arten der Liebe kannten. Einmal hörte sie ihre Mutter mit einer Nachbarin über das Thema sprechen.

„Es ist eklig, denn wenn meine Tochter sieht, wie eine ihrer Freundinnen eine andere Frau küsst, könnte sie auch eine Freundin küssen wollen." Die Nachbarin zögerte nicht zu antworten: „Warum nur gibt es das so viel in letzter Zeit? Früher gab es das nicht. Das muss der Klimawandel sein."

„Wenn mein Sohn so werden würde, würde ich ihm sagen: Verdammt sei die Stunde, in der ich dich geboren habe", beteuerte bei einer anderen Gelegenheit eine Nachbarin, die einige Jugendliche aus der Stadt kommentierte.[39]

Die Ansichten ihrer Familie standen im Kontrast zu ihren Gefühlen. Das Schlimmste war, dass Evita nur den Mund halten und zuhören konnte.

Monate vergingen, diese unvergesslichen Monate, in denen sie ihre Liebe verborgen hielten, bis der Tag ihres Abschieds kam. Keiner von ihnen hatte es geplant, aber da Martinas Hochzeit mit Jacinto unmittelbar bevorstand, beschloss Evita, ihrer Qual ein Ende zu setzen, bevor diese Beziehung außer Kontrolle geriet und am Ende noch mehr

---

[39] Zeugenaussagen aus der Untersuchung „Diversidades sexuales y de género en pueblos indígenas del oriente boliviano (Ayoreo, Guarayo y Chiquitano) (also: Sexuelle und geschlechtsspezifische Vielfalt bei indigenen Völkern Ostboliviens (Ayoreo, Guarayo und Chiquitano))", Colectivo Rebeldía 2012.

Menschen wehtat. Eines Nachmittags, als sie sich das letzte Mal sahen, ahnte Martina, was Evita ihr sagen würde, als sie sie nur ansah.

Mehrere Wochen lang hatte Evita Mittel und Wege ersonnen, um irgendetwas gegen ihr unvermeidliches Schicksal zu tun. Sie wollte Martina nicht verlieren. Besessen und zu allem bereit, dachte sie sogar daran, sie zu entführen und mitzunehmen, wie es manche Männer mit den Mädchen taten, in die sie sich verliebt hatten. Aber sie gab all ihre verrückten Ideen auf. Sie konnte keinen Kampf gewinnen, auf den sie nicht vorbereitet war. Jacinto war kein schlechter Kerl, und obwohl sie ihn dafür hasste, dass er der Mann war, mit dem Martina den Rest ihres Lebens verbringen würde, mochte sie ihn auf eine gewisse Weise. Sie hatten sich ein paar Mal unterhalten und er schien ein guter Mann zu sein, sehr fleißig und freundlich. Mit fünfundzwanzig hatte er noch keine Frau gefunden. Jacinto versuchte einmal, sie nach den Spaziergängen zu fragen, die sie mit Martina unternahm, aber Evita ließ das nicht zu.

Auf der anderen Seite freute sich Jacinto riesig auf die Hochzeit. Er wusste, dass Martina ihn mit der Zeit lieben und ihm Kinder schenken würde, und sie würden zusammen arbeiten, um ein Zuhause zu bauen und eine Familie zu gründen. Sein Vater hatte ihm erzählt, dass auch er so mit seiner Mutter zusammengekommen war. Ihre Familien einigten sich und dank dieser Vereinigung gelang es ihnen, das kleine Stück Land zu besitzen, auf dem sie das Haus bauten, in dem sie jetzt lebten. Jacinto fühlte sich sehr zu Martina hingezogen, aber abgesehen von diesem körperlichen Gefühl war es ihm wirklich wichtig, ein verheirateter Mann zu werden und in der Gemeinde respektiert zu werden. Es gab bereits Kommentare, die sich fragten, warum er in seinem Alter noch keine Frau gefunden hatte.

Jacinto verließ Suegay im Alter von fünfzehn Jahren, um in der Stadt Santa Cruz zu studieren, und kehrte mit seinem Veterinärabschluss zurück. Er war einer der ersten Ayoreo in dieser Gemeinde, der dank seiner Bemühungen und der seiner Eltern eine höhere Ausbildung hatte. Sie feierten ein großes Fest, als er in den Ort zurückkehrte. Er wurde geachtet und sie dankten ihm dafür, dass er sie nicht im Stich gelassen hatte. Jacinto lernte in der Stadt, dass es nicht nötig war, so früh zu heiraten, dass er erst seine Ausbildung abschließen und dann an eine Familie denken sollte. Als sie ihm von der Familienvereinbarung erzählten, äußerte er sich nicht und akzeptierte sie einfach. Es lief gut für ihn und er wollte den Zeichen, die ihm das Leben gab und die ihn mit seinen Leistungen zufrieden werden ließen, nicht im Weg stehen.

Evita hingegen war am Boden zerstört. Sie wusste nicht, was sie tun würde, nachdem sie Martina verloren hätte. Eines Nachts, sichtlich aufgebracht und unter Tränen weinend, verkündete sie ihrer Familie, dass sie in die Stadt gehen würde, und das tat sie dann auch. Sie ging einen Tag, bevor Martina und Jacinto für immer vereint waren. Sie kam nie wieder zurück. Sie versuchte in der Stadt zu leben, wie es nur sie gelernt hatte.

Die Liebe und die Zeit

Martin schweigt still. Die Berge, die uns umgeben, verblassen und vermischen sich mit dem rötlichen Himmel, der bereits die Ankunft der unvermeidlichen Nacht ankündigt. Ich stelle noch ein paar Fragen und bekomme keine Antwort. Martina ist offensichtlich überwältigt von den Erinnerungen, die ich gerade in ihr geweckt habe. Ich starre sie an und versuche zu verstehen, wie sehr sie Evita liebt, in ihrem Alter, nach so vielen Jahren.

„Es war nicht nur der Sex", sagt sie mir. „Wir haben uns wirklich geliebt. Aber wir sollten nicht zusammen sein", fügt sie hinzu, während sie sich eine Träne wegwischt.

„Hast du etwas von ihr gehört?", frage ich sie.

Sie verstummt und senkt den Kopf.

„Einmal bin ich in die Stadt gefahren und habe sie gesehen", antwortet sie mit trauriger und melancholischer Stimme. Sie stand an einer Ecke von El Arenal und hat sicherlich auf einen Kunden gewartet", fährt sie fort.

„Kunden?", frage ich verwirrt.

„Ja, sie hat ihre Cousinen getroffen und mit ihnen gearbeitet. Ihre Cousinen waren Prostituierte. Und sie auch. Sie arbeitete dort in Los Pozos, in der Nähe dieser billigen Unterkünfte.

„Woher weißt du das?", frage ich neugierig.

„Einer der Freunde meines verstorbenen Mannes hat es mir erzählt. Ich glaube, er war bei ihr. Ich weiß es nicht genau, aber die Sache ist, dass ich sie so gesehen habe, mit einem hellen und kurzen Kleid und total angemalt. Wie eine Prostituierte. Was hätte sie sonst um vier Uhr nachmittags dort machen sollen?", antwortet sie wütend.

Bevor sie nach Suegay kam, war Evita bereits in dieser Situation. Seit dem Bau einer Autostraße, die in der Nähe von Tie Uña vorbeiführte, suchten viele Männer die sexuellen Dienste von Ayorea-Frauen. Evita wurde von ihren Cousinen in den Beruf eingeführt, als sie kaum dreizehn Jahre alt war. Sie bildeten eine Art Kommission, um sich in der Nähe der Siedlung der Arbeiter aufzustellen. Sie bauten eine Hütte und kümmerten sich dort um sie. Sie verdienten gutes Geld und arbeiteten nur wenige Stunden am Tag. Viele Frauen wurden von ihren Schwestern oder Töchtern begleitet, da es sich um ein lukratives Geschäft handelte und sie immer bar bezahlt wurden.

Bis eines Tages eine Cousine von Evita krank wurde, Opfer eines seltsamen Fiebers, begleitet von vaginalen Blutungen, die ihr Leben beendeten. Niemand konnte sich das erklären. Die anderen Frauen behielten das Geheimnis für sich und sagten es niemandem. Später erfuhr Evita, dass ihre Cousine an Syphilis gestorben war. Sie kündigte ihren Job und kehrte nach Hause zurück, voller Angst und Schmerz, einen geliebten Menschen verloren zu haben. Dann zog sie mit ihrer Familie fort und verließ die kommerzielle Sexarbeit für eine Weile.

„Wie fühlst du dich?", frage ich Martina, will mich schon verabschieden und das Interview beenden.

Martina sieht mich mit einer gewissen Gleichgültigkeit an, aber ihre Augen sind feucht und traurig und sagen mir, dass sie nicht will, dass ich gehe. Gegen acht Uhr abends ist es noch sehr heiß. Martina lädt mich auf ein wenig Limo ein, den letzten Krug, den sie bei meiner Ankunft vorbereitet hat. Sie geht langsam wie Frauen in ihrem Alter um mich herum. Sie ist müde. Sie hat viel gearbeitet in ihrem Leben und deshalb bleibt sie jetzt zu Hause und wartet darauf, dass ihre Familie ihr tägliches Brot bringt.

„Ich weiß nicht, warum dich meine Geschichte so interessiert", gesteht sie mir neugierig.

„Ich bin Journalist", antworte ich, „ich möchte nur deine Geschichte erzählen, die Geschichte eurer Liebe, die interessiert mich wirklich."

„Also, wirst du diese Geschichte erzählen?", fragt sie mich resigniert.

Ich antworte mit Ja, dass eine so schöne Geschichte wie ihre es trotz des traurigen Endes verdient, bekannt zu werden. Dass ich weder ihre Identität noch die ihrer Geliebten noch die ihres Dorfes preisgeben werde. Wieder verstummt sie. Die Nachtkäfer huschen über den Sand, seltsame Geräusche sind von Baum zu Baum zu hören, das Licht des kleinen Lichtes an der Tür reicht kaum aus, um uns beide zu unterscheiden.

„Ich habe dich wegen einer Sache angelogen", gesteht sie, bevor sie sich wieder hinsetzt.

„In welcher Sache?", frage ich überrascht.

„Ich sah sie wieder, als ich bereits verheiratet war. Wir küssten uns und waren wieder zusammen."

„Wann war das?"

„An diesem Nachmittag, als ich sie in der Stadt gesehen hatte. Ich hatte sie nie vergessen können und ging auf sie zu. Sie hat mich nicht sofort erkannt. Aber dann sah ich das Funkeln in ihren Augen. Es war, als hätten wir uns zum ersten Mal geliebt", fährt sie fort.

„Was hast du dann gemacht?", frage ich berührt.

„Wir gingen beide in die Unterkunft, in der sie arbeitete, und blieben die ganze Nacht zusammen. Als ob die Jahre nicht vergangen wären. Ich vergaß meine Kinder und sie ihre Kunden. Es war wunderschön. Mehr sag ich nicht ..."

Sie bleibt ganz ruhig sitzen und schweigt. Ich stehe auf und gehe hinüber, um mich zu verabschieden. Sie lächelt mich an und klopft mir auf die Schulter. Ich gehe langsam hinaus, während sie mich mit diesen zärtlichen Augen ansieht, aus denen ein paar Tränen laufen. Ich gehe zur Hauptstraße, um auf den Taxifahrer zu warten. Als ich mich umdrehe, ist sie weg. Sie schwebt in der Zeit und erinnert sich immer wieder an diese perfekte Liebe, die das Glück hatte, einmal zu leben.

Weit weg von Itanambikua

Das Urteil

Alle Gemeindemitglieder versammelten sich um das Lagerfeuer in der Mitte des Platzes. Vorne, im größten Haus, war der *Ñemboati-Guasu*[40] versammelt, nachdenklich. Nebenan, in einem kleineren Raum, waren Ivo und Tëta eingesperrt, niedergeschlagen, nervös, verängstigt. Sie alle warteten auf das Urteil, das den Rest ihres Lebens für immer verändern wird.

Ivo und Tëta hatten sich kennengelernt, als sie noch Kinder waren. Sie wuchsen am Ufer des Flusses Parapetí auf, als sich ihre Familien in

---

[40] Volksversammlung

Itanambikua niederließen. Ivos Familie stammte aus Ñancaroinsa, einer Ranch in der Gegend von Macharetí, während Tëtas Familie aus Caazapá kam, einer kleinen Gemeinde in Monteagudo. Mehr als fünfzehn Jahre sind seit jenem Treffen vergangen, das ihr Schicksal prägen sollte. Sie standen zusammen am Rande des Abgrunds, und wie auch immer das Urteil lautete, sie waren sich bewusst, dass sie ihm mit Tapferkeit und Mut begegnen mussten, wie die tapferen Guarani, zu denen sie gehörten.

Itanambikua ist eine kleine Gemeinde, die nur wenige Kilometer von Camiri entfernt im Department Santa Cruz liegt. Im Sommer brennt die Erde und im Winter zittern die Knochen. Es ist ein Ort der Extreme, nicht nur in Bezug auf das Klima, sondern auch auf das Temperament der dort lebenden Guarani. Von den ‚Chiriguano',[41] die unterworfen oder getötet wurden, stammt die Leidenschaft und Stärke derer, die sich den Eindringlingen widersetzten und alle Eroberungsversuche überlebten und die Zeit überstanden, ihre Kultur und ihre Lebensweise bewahrten.[42]

---

[41] „Der Begriff ‚Chiriguano' wird von der Versammlung des Guarani-Volkes Boliviens (APG) abgelehnt, da es sich um eine Bezeichnung handelt, die in Kolonialzeiten aufgezwungen und von den Inkas vergeben wurde. Jedoch haben mehrere Anthropologen und Ethnohistoriker (Pifarré, Albó, Riester usw.) Bücher mit dem Namen Chiriguano veröffentlicht, die einen Unterschied zwischen den Guarani von Paraguay oder Brasilien und den Guarani von Bolivien aufzeigen" (APG 2008).
[42] „Während der Kolonie wurden die Guarani ständig verfolgt und aus ihren Gebieten vertrieben. Der Krieg gegen die ‚Chiriguano' begann unter der Herrschaft des Vizekönigs Toledo, der 1574 die Strafaktionen und die Vernichtung der Ureinwohner nicht nur plante, sondern auch systematisch lenkte. Bei diesen Aktionen wurden die Spanier besiegt" (Pifarré 1989).

Die Sonne versteckte sich langsam und machte einer seltsamen Nacht Raum, voller Stille, als ob sie in einer kleinen Leere schwebte, die niemand vollständig verstand. Der *Ñemboati-Guasu* debattierte weiter und von Zeit zu Zeit waren feurige Reden, leidenschaftliche Tiraden und sogar unkontrollierte Schreie zu hören. Draußen sangen einige leise, saßen auf dem Boden, als flüsterten sie ein Gebet, als warteten sie auf ein Wunder, das alles in Ordnung bringen und ihren Familien den Frieden zurückgeben würde. Unsicherheit bewohnte diese in Gemeinschaft vereinten Herzen, verloren und still, wie der Staub, der im Herbst über den bolivianischen Chaco weht.

Ein schmaler Strahl des Mondlichts schien durch den Spalt des schlecht geschlossenen Fensters in den kleinen Raum, in dem Ivo und Tëta eingesperrt waren, und streichelte sie sanft, zog ihre Silhouetten nach und erhellte ihre Augen, die jetzt so traurig waren. Nach der Anklage wurden sie verfolgt und schließlich in der Nähe des Flusses gefangen genommen, bevor sie ihn überqueren konnten. Sie wussten, was ihnen vorgeworfen wurde, und deshalb beschlossen sie zu fliehen, aber eine unerwartete Begegnung hielt sie auf und sie konnten das Dorf nicht verlassen. Sie wurden geschlagen und in Fesseln abgeführt. Sie wurden beschimpft und gedemütigt, als wären sie Mörder, als hätten sie ein unverzeihliches Verbrechen begangen. Sie wurden mit Fußtritten über den zentralen Platz gejagt und in diesen Raum gesperrt, während die bereits einberufene Versammlung zusammentrat und ihr Urteil verkündete. Als sie sich erholt und beruhigt hatten, kamen Ivo und Tëta wieder zusammen. Sie krochen über den Boden, bis sie mit dem Rücken zueinander saßen, und obwohl sie gefesselt waren, hielten sie sich an den Händen. Schweigend gingen sie die Ereignisse durch, die sie erlebt hatten und die sie zu diesem Moment geführt hatten. Ein seltsames Gefühl überkam sie. Einen Moment lang bekamen sie Zweifel, aber gleich spürten sie die Hände des anderen und wussten wieder, dass sie nichts falsch machten. Sie waren trotz allem immer noch zusammen, trotz allem, auch wenn sie nicht wussten, was nun mit ihnen passieren würde.

Als sich die Tür des großen Hauses öffnete, sahen alle das verzerrte Gesicht des *Mburuvicha Guasu*,[43] der herauskam, ohne zu grüßen, und sich vor den Kreis setzte, den die Gemeindemitglieder um das Lagerfeuer gebildet hatten, ein Feuer, das langsam niederbrannte. Sie boten dem Oberhaupt Wasser und etwas zu essen an, aber er lehnte ab und blieb stumm. Ein paar Minuten später und immer noch mit Tränen in den Augen kam *Kuña Mburuvicha*[44] in Begleitung der anderen Mitglieder der Versammlung heraus. Sie setze sich neben den *Mburuvicha Guasu*, der befahl, die Angeklagten vorzuführen, um das Urteil zu verkünden und das Gesetz zu vollziehen.

Zwei Männer öffneten die Türen und schoben sie hinaus. Sie wurden losgemacht und ans andere Ende hingesetzt, vor die Autoritäten und die Menschengruppe im Rücken, die es ohnehin nicht wagte, den beiden in die Augen zu sehen. Da draußen, erleuchtet von der leise flackernden Glut, sahen Ivo und Tëta auch so aus, wie sie sich fühlten: gelöchert, wehrlos, verängstigt. Sie hoben nicht einmal den Kopf, um sich anzusehen. Ivo weinte leise, während Tëta langsam atmete, so als ob er versuchte, die Luft bei jedem mechanischen Atemzug ein wenig zu behalten. Sie waren barfuß und schmutzig. Wer sie zum ersten Mal

---

[43] Höchste Autorität (Kazike).
[44] Frau der höchsten Autorität.

sah, hätte sie für Brüder halten können. Sie hatten bestimmte ähnliche Merkmale, wie die Farbe ihrer gebräunten Haut – fast wie dunkler Honig –, das kurze und glatte Haar, die langen Beine und die Arme, die von der Anstrengung der Arbeit auf dem Feld gezeichnet waren. Sie waren gleich groß und hatten die gleichen großen, rundlichen, kräftigen Hände. Der eine war sechzehn, der andere kurz vor dem achtzehnten Lebensjahr, und beide gingen in dieselbe Klasse an derselben Schule. Und in dieser Nacht, der letzten, die sie in Itanambikua verbringen würden, waren sie mehr denn je eins.

Nach ein paar Minuten verstummte das Flüstern, und der *Mburuvicha Guasu* stand auf und begann mit seiner Rede. Er war ein alter Mann, geduldig und weise. Seine Falten repräsentierten jene Erfahrung, die man brauchte, um eine Gemeinschaft zu führen, und bei der er den gesunden Menschenverstand besessen hatte, in Frieden zu regieren. Er hob die Hand zum Schweigen und sprach langsam.

„Wir sind ein Volk mit einer langen Geschichte. Unsere Vorfahren haben ihr Blut vergossen, um uns Freiheit zu schenken, um uns zu tadellosen, unbestechlichen, guten Menschen zu machen. Wir haben ihren Mut geerbt und wir haben die Pflicht, ihr Andenken mit unseren Taten zu ehren, mit jenen Tugenden, die uns zu dem machen, was wir sind", begann er seine Rede.

Er schwieg einen Moment, schloss die Augen und redete weiter, während er gen Horizont blickte.

„Einmal haben wir vertraut und wurden betrogen. Der *Karai*[45] hat uns angelogen und uns getötet.[46] Aber wir kämpfen unermüdlich weiter und verteidigen unser Land und unsere Werte. Viele sind gestorben, das stimmt, aber wir haben etwas sehr Wichtiges erreicht: Wir haben überlebt und werden weiter kämpfen, um für immer zu überleben."

Ivo und Tëta hörten niedergeschlagen aufmerksam zu, was die Autorität sagte, fast wie eine Predigt, fast wie eine Lektion. Keiner von ihnen wusste, wie die Rede enden würde, und das machte ihnen am meisten Angst. Sie sahen auf den Boden unter ihren Füßen, diese Sandkörner, in die ihre Zehen einsanken und sich fast automatisch daran festhielten. Der Kazike sprach weiter.

„Die Männer, die auf diesem Land lebten, lehrten uns, dass Mut, Ehre und Liebe für unser Volk wichtiger sind als alles andere, sogar wichtiger als das Leben selbst. Wir Männer, die wir jetzt in dieser Zeit leben, haben die Pflicht, diesen Gedanken zu bewahren, diese Art, die Welt zu verstehen, uns gegen die Eindringlinge zu verteidigen, die jetzt auf andere Weise ankommen, mit anderen Täuschungen, die unseren Ort,

---

[45] Weißer Mensch, Ausländer, der Gemeinschaft fremd.

[46] „Während der Unabhängigkeit schlossen sich viele Guarani der Bewegung an, sicherlich in dem Glauben, dass sie dies von der Kolonie und ihren Missbräuchen befreien und vor allem den Weg zur Rückgabe ihres Landes ebnen würde. Als jedoch am 6. August 1825 die Unabhängigkeit Boliviens beschlossen und verkündet wurde, hatte sich die Situation für die Guarani überhaupt nicht geändert, sondern eher verschlechtert, denn trotz des Bolívar-Dekrets zum Schutz der indigenen Gebiete beanspruchten und verteilten das Land untereinander die ‚Criollo-Mestizen', die ‚für die Unabhängigkeit Boliviens' gekämpft hatten. Somit wird in jenem Jahrhundert mit der Republik das Guarani-Territorium erheblich reduziert" (APG 2008).

unser Volk und unsere Männer bedrohen. Der große Krieger[47] hat uns gelehrt, dass ein Mann nur dann ein Mann ist, wenn er es mit seinem Handeln und seinem Mut demonstriert. Und diese Handlungen müssen unseren Bräuchen und Ritualen entsprechen, die wir trotz der *Karai* und ihrer Welt bewahren, die uns neue und seltsame Bräuche aufzwingen wollen. Dies sind moderne und gefährliche Zeiten, und als Krieger müssen wir bereit sein, uns allem zu stellen, was – wie auch jetzt – die gesamte Gemeinschaft gefährdet und deren Schuldige diese beiden jungen Männer sind, die unter Anklage stehen."

Ivo und Tëta hielten den Atem an und spürten die Blicke des Hasses und der Verachtung, die gnadenlos auf sie fielen. Sie konnten nichts mehr tun. Der *Mburuvicha Guasu* sagte, dass sie es nicht wert seien, weiter auf diesem Land zu leben, das sie mit ihren Taten beschmutzt hätten. Sie wussten es, und doch wollten sie glauben, dass dies nicht geschah, dass dieser Prozess nur Teil eines Traums war und dass sie bald gesund, sicher und zu Hause neben ihrer Familie aufwachen würden. Aber so war es nicht. Sie erwachten nicht aus diesem Traum, der in der Vergangenheit lag und den sie nie wieder erleben würden. Das Oberhaupt beendete seine Rede, gab aber kein Urteil ab.

---

[47] Der große Krieger war Apiaguaiki Tumpa: „Das Volk der Guarani wurde während der Kolonie nicht erobert; es wurde mit Waffengewalt in der republikanischen Ära unterworfen. Am 28. Januar 1892 wurden die Guarani in Kuruyuki von eben dieser ‚bolivianischen' Armee beim blutigsten Massaker niedergeschossen. Apiaguaiki Tumpa, der Häuptling aller Guarani, der als ‚Mensch-Gott' gilt, wurde einen Monat später gefangen genommen und auf dem zentralen Platz von Monteagudo hingerichtet worden, wodurch eine brutale Verfolgung gegen das Volk der Guarani eingeleitet wurde" (Saignes 1990).

„Wir sind bestimmte, mutige, entschlossene Männer. Und aus diesem Grund dürfen wir nicht zulassen, dass diese Anomalien vor unserer Nase entstehen – er machte eine Geste des Abscheus und des Ekels und fuhr fort. Wir wollen ein Zeichen setzen für unsere Jungs, für unsere Mädchen, und wir müssen uns um die Zukunft sorgen jedes Einzelnen und um die Zukunft aller. Damit wir das Vorbild sein können, das dieses Dorf, in dem gute Männer und Frauen leben, immer noch aufrechterhält, haben wir uns entschieden."

Die letzten Worte sprach er langsam, fast schmerzerfüllt aus, mitten in einer Grimasse, die sein Gesicht für einen Augenblick entstellte. Dann setzte er sich und schwieg.

Das Geflüster begann wieder, und viele Gemeindemitglieder, die die Fakten nicht kannten, erfuhren die Geschichte in Teilen, irgendwo zwischen Übertreibungen und Klatsch voller Hass und Diskriminierung. Fast sofort erhob sich die *Kuña Mburuvicha* und wieder herrschte Totenstille, unterbrochen nur von den Grillen und anderen nachtaktiven Tieren, die ebenfalls Zeugen der Ereignisse waren. Sie sagte nichts, obwohl sie tief im Inneren schreien wollte, was sie fühlte, aber sie wusste, dass sie nicht sprechen konnte. Sie hatte, wie alle Frauen, keine Stimme bei den Entscheidungen der Gemeinschaft. Sie war geknebelt und das verunsicherte sie noch mehr. Der *Mburuvicha Guasu* sprach langsam:

„Nach Anhörung aller erhobenen Anschuldigungen, unter Berücksichtigung der Redlichkeit der Ankläger und rechtmäßiger Anwendung unseres Gesetzes, hat der *Ñemboati Guasu* eine Entscheidung getroffen. Wir wollen deutlich machen, dass diese Entscheidung einzig und allein einem heiligen Grundsatz unseres

Volkes geschuldet ist und dass wir mit diesem Urteil ein Zeichen setzen wollen, anstatt die Angeklagten zu bestrafen. Was passiert ist, kann nicht wiederholt werden, weil wir nicht zulassen können, dass Mann zu Mann irgendeine Art von unnatürlicher Beziehung existiert, die am Ende als Strafe für alle zurückkehren wird. Die abscheulichen Dinge, die die Angeklagten begangen haben, sind unverzeihlich, und wir dürfen nicht schwach werden, um diese Bedrohung zu stoppen, die von der modernen Welt auf uns zukommt. Damit niemand an den Autoritäten oder dem Gesetz zweifelt, das unsere Städte regiert. Und obwohl einer der Angeklagten der Sohn eines Mitglieds der Versammlung ist, haben wir entschieden, dass Ivo und Tëta die Gemeinde sofort verlassen müssen und von da an nicht mehr zurückkehren können. Ihre Schande bringt nicht nur ihre Familien in Verlegenheit, sondern uns alle, die wir in Itanambikua leben. Auf dass das Gesetz vollzogen werde."

Für Ivo und Tëta war der Satz eigentlich eine Erleichterung. Sie glaubten zunächst, dass sie hingerichtet würden, wie es bei Verrätern oder Vergewaltigern gemacht wurde. Sie hatten sich jedoch bereits ausgemalt, was sie tun würden, wenn sie aus der Gemeinschaft ausgeschlossen würden. Während sich die Versammlung auflöste und alle nach Hause gingen, das Urteil kommentierten und analysierten, wurden Ivo und Tëta von etwa fünf Männern zum Flussufer eskortiert, wo sie freigelassen wurden, und daran erinnert, dass sie niemals ins Dorf zurückkehren konnten.

Ivo vergoss ein paar Tränen, als er seine Hose hochkrempelte. Tëta blickte sich nicht um, entschlossen und stolz spazierte er den Fluss entlang. Nicht einmal, als Ivo rief, dass seine Mutter, die *Kuña Mburuvicha*, mitten in diesem seltsamen Sonnenaufgang in

Itanambikua am Ufer zum Abschied winkte. Sie überquerten den Fluss und gingen, bis sie sich zwischen den Bäumen und Büschen verirrt hatten und kehrten nie wieder zurück.

Etwas andere Migrationen

Die Sonne stand über ihren Köpfen und die Hitze verzehrte sie langsam. Sie beschlossen, sich eine Weile auszuruhen, während sie darüber nachdachten, was sie jetzt, da sie allein auf der Welt waren, mit ihrem Leben anfangen sollten. Sie fühlten sich verlassen, verraten, gedemütigt. Von den beiden war Tëta die wütendere. Er konnte nicht glauben, dass seine eigene Mutter ihn aus dem Ort geworfen hatte oder dass sein Vater das zugelassen hatte. Sie wussten von der Beziehung zu Ivo, die seit mindestens einem Jahr lief, aber sie hatten nie etwas gesagt oder getan, als würden sie nichts mitbekommen. Tëta wusste auch, dass das Leugnen sie vielleicht gerettet hätte, oder zumindest ihn, aber was er für Ivo empfand, war so groß, dass er es gerne zugab, als sie ihn fragten, ob es wahr sei. Es war nicht die Zeit für Reue oder um über Vermutungen nachzudenken. Da waren sie beide, allein, unter einem Baum, von ihren eigenen Leuten verbannt, und dachten darüber nach, was sie mit dieser Freiheit tun sollten, die ihnen auferlegt worden war.

„Wir hätten entkommen können, wenn die Hexe nicht gewesen wäre", argumentierte Ivo, so als wolle er ein Gespräch beginnen. „Die Peinlichkeit hätten wir uns sparen können. Die ist schuld", urteilte er wütend.

Tëta hörte ihm zu und zeigte ein Lächeln, das dem Mitgefühl sehr ähnlich war. Er wusste, dass Ivo noch sehr jung war und manches nicht verstand. Er nahm ihn einfach an die Hand und sagte, er solle die Dinge nicht bereuen, die er nicht ändern könne.

Die Hexe war eine ältere Frau, eine Witwe, die am Ortsrand lebte. Alle sagten, sie sei halb verrückt und deshalb habe sie besondere Kräfte, aber tief im Inneren war es der Schmerz, ihren Mann verloren zu haben, der sie in diesem Zustand hielt. Sie trug immer Schwarz, selbst an den heißesten Tagen bewahrte sie eine strenge Trauer, da sie versprochen hatte, das Andenken an ihren Geliebten aufrechtzuerhalten. Er war bei einem Verkehrsunfall in der Hauptstadt ums Leben gekommen. Ihr langes Haar hatte ein paar graue Strähnen und kündigte den Herbst ihres Lebens bereits an. Ihre Hände waren lang und knochig und ihre Nägel fast immer schmutzig. Sie sah verwahrlost, traurig, schlecht ernährt und immer müde aus. Sie ging durch die Straßen des Orts und verkaufte Obst und Gemüse, das sie in ihrem Garten geerntet hatte. Von Zeit zu Zeit luden die Nachbarn sie zum Mittagessen ein, nur um mehr über ihr Leben zu erfahren. Aber sie hinterließ dort immer mehr Fragen als Antworten. Sie hatte wenige Freunde, und ihr einziger Sohn kam sie einmal im Jahr aus der großen Stadt besuchen. Sie sagten, sie sei eine Hexe, weil sie einmal, nachdem sie gestolpert und zu Boden gefallen war, die Frau verfluchte, die sich über sie lustig machte und ihr nicht aufhalf. Monate später erkrankte diese Frau an einem unbekannten Fieber. Da begann das Gespräch über ihre übernatürlichen Kräfte.

Am vorherigen Morgen war Tëta mit einigen Kühen, die sein Vater von den Nachbarn am Flussufer gepachtet hatte, in Itanambikua angekommen. Als er sein Haus betrat, kam einer seiner Begleiter auf ihn zu und fauchte ihn in einem burlesken Tonfall an: „Also Ivo und du, richtig? Jeder weiß es schon, du Schwuchtel", und er ging laut lachend weiter. Ein Schauer schüttelte Tëtas Rückgrat und ließ ihn taumeln. Er verstummte, holte tief Luft und rannte los, um Ivo zu finden. Er fand ihn nicht. Er war gegangen, um eine Besorgung für seine Mutter zu machen. Tëta versteckte sich und wartete auf seine Rückkehr. Es war bereits Mittag, als Ivo zum Glück endlich allein ankam. Er setzte sich neben ihn, erzählte ihm, was passiert war, und schlug ihm vor, zusammen wegzulaufen. Ivo, verängstigt und nervös, schlug ein, ohne lange nachzudenken.

„Wenn wir bleiben, werden sie uns töten", versicherte Tëta, während sie sich beeilten und nach dem besten Weg suchten, um den Fluss zu erreichen.

Ivo sagte nichts. Er dachte an alles, was er zurückließ. Seine Familie, seine Freunde, sein Land. „Lohnte sich das?", fragte er sich. Er fand keine andere Antwort als das begeisterte und entschlossene Gesicht von Tëta, der neben ihm ging. Das war genug. In gewisser Angst oder in der ungewissen Zukunft zu leben, was auch immer, es war besser so.

Sie erreichten das Ende der Straße und bogen in einen Pfad ein, der sie direkt zur schmalsten Stelle des Flusses führen würde, der damals nicht viel Wasser in seinem Bett führte. Aus den Büschen sprang ihm unerwartet die Dorfhexe entgegen. Sie machte ihnen Angst, und das zwang sie ein paar Schritte zurück.

„Geht nicht", sagte sie mit einer tiefen, imposanten Stimme. „Ihr habt keine andere Zukunft als die, die ihr gerade zerstört", sie blickte weiter auf den Fluss.

„Was weißt denn du?" fragte Tëta.

„Ich weiß nur, dass Schande über diesem Land liegt. Und auch, dass ihr die Schuldigen seid", antwortete sie mit leiser Stimme, als würde sie einen Schwur sprechen.

„Wir fürchten uns nicht. Wir sind mutig wie unsere Vorfahren. Weder Scham noch Hexen machen uns Angst", antwortete Ivo hochmütig und gereizt.

„Ihr müsst keine Angst vor Hexen haben, aber vor der Strafe, die euch droht, miteinander ins Bett gegangen zu sein. Das ist verboten!", rief die Hexe, als wollte sie gehört werden.

„Wir haben keine Angst", sagte Tëta dieses Mal. „Jetzt müssen wir gehen, treten Sie bitte zur Seite."

Die Hexe rührte sich keinen Zentimeter. Sie starrte sie an, als wollte sie sie mit ihren vor Traurigkeit und Schmerz schwarzen Augen quälen. Tëta versuchte, sie wegzustoßen, aber die Hexe sprang auf, streckte ihre Hand aus und schlug ihn so heftig, dass er sofort niederging.

„Spielt nicht mit den Gesetzen der Gemeinschaft, Jungs. Ihr werdet immer verlieren!", bekräftigte sie und setzte sich vor ihn, während Ivo Tëta half, sich aufzurichten.

„Ich werde euch eine Geschichte erzählen", fuhr die Hexe fort, wieder in diesem verschwörerischen Ton. Ihr seid nicht die Ersten.

„Was soll das heißen? Wir sind nicht die Ersten bei was?", fragte Tëta, während er sich die Wange rieb, die immer noch rot von dem Schlag war, den er gerade bekommen hatte.

„Nein, ihr seid nicht die Ersten. Wir hatten schon vor vielen Jahren ein Paar wie euch in einem anderen Ort wie diesem. Auch sie wälzten sich wie wilde Tiere, wie dreckige Hunde übereinander. Und auch sie wurden bestraft."

„Was wurde ihnen angetan?", fragte Ivo neugierig, der sie immer wieder mit einer Mischung aus Angst und Verwunderung ansah.

„Angetan? Nichts. Die Dorfversammlung vertrieb sie aus dem Ort und wir haben nie wieder etwas von ihnen gehört. Wir haben ihnen nichts getan. Aber sie erhielten ihre Strafe. Und die haben sie bekommen!", schloss sie mit einer Art Spott und einem hinterlistigen Lächeln.

„Was war das für eine Strafe?", fragte Ivo, jetzt noch ängstlicher und nervöser.

„Sie gingen durch den Wald", begann die Hexe zu erzählen, „in Richtung Süden, nach Argentinien. Da wollten sie hin. Sie gingen mehrere Tage, bis sie erschöpft waren. Sie suchten etwas zu essen und legten sich schlafen. Aber diese schreckliche Angewohnheit, die sie gezwungen hatte, sich wieder zu wälzen und sich zu besteigen wie die Bestien, zu denen sie wurden! Ein paar Wochen später spürte einer von ihnen, wie etwas Seltsames mit seinem Körper passierte. Sein Bauch wuchs, weil er einen Sohn des anderen Mannes in sich trug, mit dem er verkehrte."

„Das ist unmöglich", sagte Tëta, „diese Dinge passieren Männern nicht."

„Ah! Natürlich ist es möglich, das war seine Strafe. Gott hat ihn auf diese Weise bestraft", bestätigte die Hexe und hob an weiterzuerzählen.

„Und was ist mit ihnen weiter passiert?", fragte Ivo erneut, sein Gesicht war vor Angst entstellt.

Das Gesicht der Hexe veränderte sich und der Ton in ihrer Stimme wurde vertraulicher, weicher und kam näher. Sie erzählte ihnen, dass einer von ihnen in einer stürmischen Nacht verschwand, während der andere unwiederbringlich zusammen mit seinem Sohn in sich starb, den er nirgends gebären hatte können.

„Das ist die Zukunft, die euch erwartet, ihr beiden Schwuchteln!", schloss die Hexe mit einer auffälligen Bosheit in ihrer Stimme.

Tëta konnte es nicht mehr ertragen. Er nahm Ivo bei der Hand, und sie liefen davon, bis die Hexe außer Sichtweite war, die vor sich hin lachte, als freute es sie, sie erschreckt zu haben. Sie erreichten den Fluss und versuchten ihn zu überqueren, aber es war zu spät. Der Bekannte, den Tëta auf dem Platz getroffen hatte, hatte seinen Vater gewarnt und war begleitet von anderen Männern zum Fluss gelaufen, um sie zu fangen, bevor sie entkommen konnten.

„Glaubst du, dass das passieren könnte, dass einer von uns beiden schwanger werden würde?", hatte Ivo später unschuldig gefragt, als sie den Ort verließen. Angst stand in seinen Augen.

„Das wird nicht passieren. Diese Dinge passieren Männern nicht",
antwortete Tëta und beendete das Gespräch.

Beide standen auf und gingen weiter. Bei Sonnenuntergang würden
sie Camiri erreichen, und es gab viele Dinge, um die sie sich kümmern
mussten. Sie mussten einen Platz zum Schlafen und einen Job finden,
um zu essen und zu überleben. Sie begannen ein neues Leben. Aber
sie waren zusammen. Der Rest, was sie alles zurückließen, spielte
keine Rolle mehr.

Der vergessene Weg

Fünf Jahre sind vergangen, seit Ivo und Tëta aus Itanambikua verbannt
wurden. Jetzt leben sie unter anderen Namen in Camiri, völlig losgelöst
von jener Vergangenheit, die sie in Verlegenheit bringt und ihnen
weiterhin Angst macht.

Sie studieren zusammen mit anderen Guarani aus anderen Gemeinden
der Region an der Chaco-Universität. Sie haben wenige Freunde, mit
denen sie nur das Nötigste sprechen. Ivo arbeitet nachts als
Küchenhilfe in einem Steakhouse, und Tëta hat einen Gemüse- und
Obststand auf dem Zentralmarkt. Sie leben zusammen, wahren aber
den Schein, indem sie vorgeben, Cousins zu sein. Sie haben immer
noch Angst und wollen jede Situation vermeiden, die sie
kompromittieren oder verraten würde. Sie versuchen, glücklich zu sein
oder zumindest ihre Ruhe zu haben.

Einmal traf Tëta seine Mutter auf dem Markt. Sie wollte ihn begrüßen,
aber Tëta, immer noch stolz und starr in seinen Überzeugungen,

wandte sein Gesicht ab. Sie ging ohne ein Wort, als wäre sie verlegen, beschämt, aber vor allem resigniert, dass sie ihren ältesten Sohn für immer verloren hatte.

In all dieser Zeit der Opfer, der Not und des Unbehagens haben Ivo und Tëta mehr als nur eine emotionale Beziehung aufgebaut. Sie waren wahre Gefährten, Kämpfer, die sich Seite an Seite dem Leben stellten. Von Beginn an, seit sie zusammen waren, ahnten sie diese Zukunft, die sie erwartete.

An den Ufern des Flusses Parapetí versiegelten ihre Münder mit einem Kuss ein Geheimnis, das sie selbst nicht verstehen konnten. Es war Sommer und sie hatten die Schule früher verlassen. Zusammen mit ihren Klassenkameraden beschlossen sie, zum Fluss schwimmen zu gehen. Dort spielten etwa elf oder zwölf Jungen in Unterhosen im Wasser, machten Witze, Schwimm- und Tauchwettkämpfe. Ihre goldenen Körper wogten und versanken im Wasser des Flusses, der seit mehreren Jahren nicht mehr so klar wie ein Spiegel war wie an diesem Tag. Schreie, Gekicher und Gelächter trafen sich an diesem kleinen Ort und Moment, wo die Jungen glücklich waren. Sie plantschten herum, bis die Sonne unterging. Die anderen gingen nach und nach und blieben nur Ivo und Tëta zurück und betrachteten einen Sonnenuntergang, den sie nie vergessen würden.

Schon am Ufer, während die ersten Sterne am Himmel auftauchten, auf dem Sand liegend, geschützt von ein paar kleinen Büschen, meinte Ivo, dass der wunderbare Sonnenuntergang ihm besser gefalle als die Morgendämmerung. Tëta sah ihn mit einem Lächeln an, mit einer Zärtlichkeit, die er noch nie erlebt hatte.

„Schau", sagte er und zeigte zum Himmel, „dort kommen wir alle hin. Dort oben gibt es so viel Frieden."

„Werden wir alle dorthin kommen? Auch wenn wir nicht wie alle anderen sind?", fragte Ivo und legte seine Hand auf Tëtas.

Er wusste nicht, wie er in diesem Moment reagieren sollte und antwortete Ja, jeder, egal wie schlecht er sich benommen hatte, würde früher oder später den Himmel erreichen. „Da oben, mitten in den Sternen, werden wir alle gleich sein", schloss er und rückte etwas näher an Ivo heran.

In diesem Moment sahen sie sich an. Ivo und Tëta erlebten eine außergewöhnliche Einigkeit. Sie empfanden eine Art Magie, die sie anzog, die sie zwang, sich zu treffen, versunken, weit entfernt von der Welt, in der sie lebten. Sie sagten nichts weiter und blieben wie hypnotisiert stehen und sahen sich in die Augen. Tëta näherte sich langsam weiter und leise rückte er an ihn heran, bis er nur noch wenige Zentimeter von Ivo entfernt war. Als ihre Körper endlich beieinander waren, spürte Tëta Ivos Erektion und erkannte gleichzeitig, dass er auch eine hatte. Er wusste nicht, was los war, und als er versuchte, die Situation zu begreifen, küsste ihn Ivo bereits so leidenschaftlich, dass er alles vergaß und sich ganz dem Moment hingab, in dem er lebte.

In dieser Nacht experimentierten sie zum ersten Mal mit ihrer Sexualität. Es kam ihnen seltsam vor, aber sie genossen es. Dann blieben sie eine Weile in den Armen des anderen liegen, bevor sie ihre Kleider suchten und jeder nach Hause zurückging. So begann ihre Geschichte, mit diesem Einfallsreichtum und dieser Entscheidung, die sie bis heute bewahrt haben. Sie standen auf, küssten sich zum Abschied und gingen.

Ein paar Meter entfernt, hinter einem Baum versteckt, hatte sie ein neugieriges Augenpaar aufmerksam beobachtet.

Lennon hatte recht

Der Verräter von Amazonien

Ignacio floh aus seiner Stadt, als seine Nachbarn drohten, ihn zu töten, weil er eine Schwuchtel sei. Er war für die Ferien nach Nueva Jerusalem zurückgekehrt, nachdem er sein erstes Jahr an der Universität in Cobija, der Hauptstadt des Departments Pando im Norden Boliviens, abgeschlossen hatte. Es schien, dass sich Klatsch und Tratsch in ungeahnter Geschwindigkeit ausbreiteten, fiel Ignacio auf, während er wie ein Verrückter rannte und nach dem schnellsten Weg zu einem kleinen Lastkahn suchte, der sein Leben retten könnte.

Nueva Jerusalem ist eine Tacana-Gemeinde in der Kommune Puerto Rico in der Provinz Abuná. Es liegt mitten im Pando, mitten in

Amazonien, also mitten im Nirgendwo. Um von Cobija nach Nueva Jerusalem zu gelangen, braucht man mindestens vier Tage mit dem Boot und einen weiteren auf dem Landweg. Der Ort besteht auch einer kleinen Ranch in der Nähe des Flusses, daneben mehrere Häuser mit Lehmwänden und Dächern aus Palmblättern und anderen Bäumen in der Umgebung. Dort verläuft das Leben zwischen der Monotonie der Landarbeit, dem Fischfang, der unerbittlichen Hitze und jener unerträglichen Ruhe, die nur solche Orte bieten können. Von diesem winzigen Ort, getarnt in der Weite des Dschungels, war Ignacio mit einem Stipendium der Caritas abgereist, um in Cobija zu studieren.

Zuerst waren seine Eltern dagegen, aber dann verstanden sie, dass es eine Gelegenheit war, die sich nicht wieder auftun würde. Sie hatten nie im Entferntesten daran gedacht, ihren Sohn vom Dorf wegzuschicken. Nicht nur, weil ihnen die wirtschaftlichen Voraussetzungen dafür fehlten, sondern weil er dort draußen, in der ‚Zivilisation', großen Gefahren und Versuchungen ausgesetzt sein würde, denen er sicher nicht gewachsen war. Sie wollten eigentlich lieber, dass er auf der Ranch blieb, eine ihrer Nachbarinnen heiratete und eine Familie gründete, so wie es sein Vater und sein Großvater getan hatten. Und dass er in Frieden lebte, das Land bearbeitete und sein Brot im Schweiße seines Angesichts verdiente. Aber Schwester Graciela überzeugte sie, sie sagte ihnen, dass er in Wirklichkeit an diesem Stipendium wachsen würde und dass er etwas studieren könnte, das es ihm ermöglichte, ein anderes Leben zu führen, ein besseres Leben als das, das sie ihm bieten konnten. Sie nahmen das Angebot schließlich an und verabschiedeten ihn traurig, segneten ihn und baten ihn vor allem, sie nicht im Stich zu lassen.

Ignacio wuchs in einer konventionellen Familie im bolivianischen Amazonasgebiet auf. Bis zu seinem achtzehnten Lebensjahr verließ er seinen Ort nie über ein paar umliegende Dörfer hinaus, in die er mit seinem Vater und Großvater fuhr, um Lebensmittel gegen Kleidung und andere Haushaltsgegenstände einzutauschen. In den meisten indigenen Gemeinschaften im Pando wird kein Geld verwendet und bis auf wenige Ausnahmen haben Scheine und Münzen keinen Wert. Der Tausch ist immer noch gültig und diese Tradition vertieft die Beziehungen der Gemeinschaftsmitglieder, basierend auf Gegenseitigkeit und Ehrlichkeit.

Ignacio ging immer mit seinem Vater und Großvater. Er lernte alles über den Fluss, den Tauschhandel mit anderen Dörfern, die Gefahren des Dschungels und die Ehre unter guten Männern. Er hing mehr an seinem Vater und versuchte immer, ihm zu gefallen und ihn nachzuahmen. Aber seine Beziehung zu seinem Großvater war ganz anders. Aus irgendeinem Grund hatte Ignacio das Gefühl, dass sein Großvater ihn nicht mochte und ihn deshalb kühl behandelte, als wäre er kein wirklicher Verwandter. Mehr als einmal hatten sie ernsthafte Auseinandersetzungen wegen diesen Kommunikationsschranken, die sie hatten. Ignacio war lange geduldig, bis er eines Tages während einer Fahrt nach Bolpebra[48] verstand, dass sich die Gefühle des Großvaters ihm gegenüber niemals ändern würden, und gab auf und näherte sich ihm nicht mehr. Viele Jahre später sah er diesen verächtlichen Blick wieder, als der Vater seines Vaters ihn mit einer Machete in der Hand verfolgte.

---

48 Dreiländereck: Bolivien, Peru und Brasilien.

Die Jahre vergingen, Ignacio wuchs auf, beendete die Schule und machte seinen Abschluss als gestandener Mann der Gemeinde. Wie geplant sollte er Angelica heiraten, seine Nachbarin, die Tochter seiner Patin, mit der er praktisch am Flussufer aufgewachsen war. Da kam Schwester Graciela mit den Unterlagen ihrer Institution und dem Vorschlag, er solle studieren. Angelica weinte drei Tage und drei Nächte. Sie war sehr verliebt. Ignacio hingegen war erleichtert zu erfahren, dass er nicht heiraten würde und ein anderes Leben weit weg in der Hauptstadt führen konnte. Sie verabschiedeten sich und sahen sich nie wieder.

So kam Ignacio nach Cobija; mit nichts als einer Tasche mit den wenigen Kleidungsstücken, die er hatte, 200 Bolivianos, die ihm sein Vater geschenkt hatte, und einer ungewöhnlichen Neugierde. Die Stadt blendete ihn vom ersten Moment an. Er fühlte sich wie ein wildes Tier inmitten all dieser Menschen, mit denen er nicht umzugehen wusste. Der Verkehr, der Lärm, die Motorräder, das Fernsehen! Alles war so neu für ihn, dass er sich in seinem Alter wie ein neugeborenes Kind fühlte, das mit großen Augen auf die unbekannte Welt blickte. Er brauchte mehrere Tage, um diesen Ort ein wenig zu verstehen. Hierher war er nun zum Studieren und zum Leben gekommen – aber eigentlich vor allem, um von zu Hause wegzugelangen. Besonders stark blendeten ihn die Ampeln in den Augen und die laute Musik, die ununterbrochen an den Marktständen und Geschäften in der Innenstadt gespielt wurde, dröhnte in seinen Ohren.

Schwester Graciela führte ihn zu dem kleinen Raum im Barrio San Carmen am Stadtrand von Cobija, der für ihn bestimmt war. Es war ein kleines Haus, in dem auch andere Stipendiaten lebten, und diejenigen, die aus anderen kleinen Dörfern im Pando gebracht wurden, insbesondere aus dem Süden: El Sena, San Lorenzo oder Gonzalo Moreno.

„Ignacio war sehr neugierig und intelligent", bestätigt Schwester Graciela. „Ich traf ihn, als ich zum ersten Mal mit dem Boot fuhr, um Medikamente und Vitamine an indigene Kinder zu verteilen. Er war ungefähr acht oder neun Jahre alt und klebte wie eine Zecke an mir." Sie lacht. „Ich konnte ihn nicht abschütteln und ließ ihn zu mir kommen, während ich meine Vorträge über Ernährung und Gesundheit hielt." So begann für Schwester Graciela und Ignacio eine Freundschaft, die sie im Laufe der Jahre immer wieder zusammenführte, jedes Mal, wenn die Nonne nach Nueva Jerusalem zurückkehrte.

Mit großer Statur, glattem und kurzem Haar, dunkler Haut und großen Füßen ging Ignacio jeden Tag von seinem Haus zur Universität und obwohl er seine Familie und sein Dorf ein wenig vermisste, versuchte er, den strahlenden Morgen mit einem Lächeln zu empfangen, das auf seinem Gesicht manchmal etwas gezwungen wirkte. Er war allein in einer großen und unbekannten Stadt, und in manchen frühen Morgenstunden, wenn die Hitze ihn nicht schlafen ließ, überwältigte ihn die Traurigkeit. Vielleicht kamen sich deshalb er und Prudencio auch so nahe. Prudencio war ein anderer junger Stipendiat, der im selben Haus lebte. Sie studierten dasselbe und trafen sich oft, um ihre Hausaufgaben in Ignacios Zimmer zu machen, während sie ein wenig

Brot und Cupuaçu-Limo teilten.[49] Sie teilten auch dieses Gefühl der Verlassenheit und das Heimweh, das sie bekämpften, indem sie sich gegenseitig Geschichten über ihre Dörfer und ihre Familien erzählten. Auf jeden Fall war es eine Art, die Erinnerungen zu bewahren, mit denen sie einst angekommen waren.

„Und sie standen sich wirklich sehr nah. Ich sah sie zusammen Hausaufgaben machen, Fußball spielen und bis spät in die Nacht reden", sagt Schwester Graciela. „Sie schienen wie zwei Brüder, die sich gegenseitig Gesellschaft leisteten und einander halfen", kam sie zum Schluss.

Was Schwester Graciela bis dahin nicht wusste, war, dass Ignacio und Prudencio nicht nur Freunde waren, sondern in eine Liebesbeziehung verwickelt waren, die so stark und tief war wie der ungezähmte Dschungel, aus dem sie beide kamen. Sich ihrer Handlungen bewusst, vielleicht gewarnt von der Tradition und dem kulturellen Konservatismus, aus dem sie kamen, hielten sie ihre Küsse geheim und jene endlosen Nächte, in denen sie wach blieben und einander ansahen. Nur die beiden und später Schwester Graciela wussten von der engen Bindung, die sie hatten.

„Vielleicht war es ein Fehler", quält sich Prudencio zu sagen.

Er ist jetzt neunundzwanzig Jahre alt und verheiratet. Er hat zwei Mädchen und arbeitet in einem Sägewerk.

---

[49] Exquisite amazonische Frucht, aus der unter anderem ein Durstlöscher hergestellt wird.

„Wir waren jung, sehr jung, und wir haben nicht richtig über die Konsequenzen nachgedacht. Deshalb ist alles schief ausgegangen", gesteht er niedergeschlagen.

Wir treffen uns bei Sonnenuntergang in einem großen Park, wo viele Menschen spazierengehen, Sport treiben oder sich ausruhen. Er kam nervös und fast hatte er überredet werden müssen von einem Freund, den ich zuerst kontaktierte und der mir diese Geschichte erzählt hatte. Er spricht, ohne mir in die Augen zu sehen, und vor jeder Antwort denkt er ein paar Minuten nach. Er weiß, worum es in meinem Interview geht, und er will sicher nicht mehr viel darüber reden. Er bat mich, seinen Namen zu ändern [– aber das mache ich ja ohnehin].[50] Er will keinen Ärger mehr. Er fühlt sich wohl mit dem Leben, das er jetzt führt, und das ist in Ordnung für ihn.

Prudencio lebte bis zu seinem 21. Lebensjahr in Trinidacito.[51] Später wurde er von einem Missionar ,adoptiert', der ihn nach Cobija brachte, zuerst als Helfer in der Kirche, dann als Stipendiat. Er wollte nie weg und wurde praktisch von seiner Familie und einigen Gemeindemitgliedern dazu gezwungen. Sie hatten nur das Beste für ihn gewollt und meinten, er solle studieren.

„Ich wollte mein Dorf nicht verlassen. Es gefiel mir hier. Ich fühlte mich frei. Es hatte nicht den Luxus, den man in der Stadt hat, aber es war besser", sagt er.

---

[50] Anmerkung SD.
[51] Indigenes Dorf der Tacana in der Gemeinde San Lorenzo in der Provinz Madre de Dios.

Vielleicht war es diese Nähe zum Dschungel, zur lebendigen und rauen Natur, die ihn voller Hoffnung und Freude wach und kraftvoll sein ließ. Heute ist er mager, müde, gelangweilt. Er muss hart arbeiten, um seine Familie zu ernähren, einschließlich seiner Mutter, die eines Tages zu Besuch kam und einfach dablieb. Sein Gesicht verändert sich, wenn er von Ignacio spricht. Die Melancholie weicht aus seinen Augen.

„Wir trafen uns in dem Haus, in dem neun von uns lebten. Wir waren vier Männer und fünf Frauen. Wir waren alle jung und kamen aus verschiedenen Orten im Pando. Ich hatte wenig Freunde, meine Nachbarin war eine Freundin. Wir haben uns viel geteilt. Dann kam Ignacio. Es war eine Erleichterung, dass er angekommen war. Wir verstanden uns von Anfang an und wurden gute Freunde. Es änderte sich alles. Eines Abends gingen wir mit ein paar Freunden von der Universität etwas trinken und landeten schließlich in seinem Zimmer. Als sie alle gegangen waren, schlief ich bei ihm. Ich erinnere mich nicht, was passiert ist, aber am nächsten Tag wachten wir auf und umarmten uns auf demselben Bett. In diesem Moment hatte ich Angst, aber jetzt scheint es mir eine sehr zarte Erinnerung", lächelt er, als er mir von seinem ersten intimen Kontakt mit jemandem des gleichen Geschlechts erzählt.

Monate vergingen und sie kamen sich viel näher. Obwohl sie das Bild aufrechterhielten, sehr enge Freunde zu sein, entschlüpfte ihnen manchmal ein anzüglicher Blick oder ein Wort, und die anderen begannen, sie komisch anzusehen. Sie haben es nie akzeptiert. Einige neckten sie, aber sie ignorierten das und hielten es für Witze, die typisch für Menschen ihres Alters waren. Als Ignacio ihm sagte, dass er in den Urlaub in sein Dorf fahren würde, wurde Prudencio fast verrückt. Er sagte ihm, es sei das Beste, wenn er nicht ginge. Dass

Klatsch fliegen kann und dass es überall sehr böse Menschen gibt. Prudencio hatte eine Vorahnung und verbot ihm die Reise. Ignacio jedoch hörte nicht auf ihn. In der letzten Nacht stritten sie bis in die frühen Morgenstunden und kamen zu keiner Einigung. Prudencio verließ das Zimmer, schlug die Tür zu und schloss sich in seinem eigenen Zimmer ein.

Jetzt gesteht er, dass er sehr verliebt war.

„Wie hätte ich mich auch nicht verlieben sollen? Er war sehr gutaussehend, freundlich, einfach, aufmerksam. Aber vor allem hat er mich verstanden und war bei mir", beteuert er herzlich. Es tut weh, es zu erwähnen. Es tut weh, sich daran zu erinnern.

„Das letzte Mal, als ich ihn gesehen habe, war, nachdem wir gestritten hatten. Ich wollte nicht, dass er zurück in sein Dorf geht, aber er hörte nicht auf mich. Ich hatte ein schlechtes Gefühl dabei. Ich habe ihn nie wieder gesehen. Ich weiß nicht, ob er tot oder lebendig ist. Er ist verschwunden und ich konnte mich nicht einmal verabschieden", er beginnt zu weinen.

Ich höre auf, Fragen zu stellen und stehe neben ihm und beobachte den Sonnenuntergang.

Schwester Graciela ist jedoch optimistischer.

„Ich weiß, dass er lebt, und er ist an einem besseren Ort", sagt sie. „Ein so besonderer Junge wie er kann nicht einfach so verschwinden. Sicherlich ging er den Fluss hinunter und erreichte die Grenze. Dort gibt es noch mehr Leute wie ihn. Ich billige seine Lebensweise nicht, aber ich mochte ihn so sehr, dass ich ihm nie etwas Böses wünschen könnte. Er verdient es einfach, glücklich zu sein", schließt sie.

Juan vom Fluss

Das Einzige, was Juan Espinoza im Leben hat, ist ein alter Holzkahn, auf dem er seit fünf Jahren lebt, nachdem er positiv auf HIV getestet wurde. Juan hatte eine kunterbunte Familie: einen Jungen und zwei Zwillingsmädchen, die den ganzen Tag vor seinem Haus spielten. Rita, seine Frau, arbeitete mit anderen Frauen aus dem Dorf zusammen, kochte für die Arbeiter und fertigte Kunsthandwerk an, das sie später an die sporadischen Reisenden verkauften, die hier vorbeikamen.

Juan verreiste ständig. Von Dezember bis März ging er in die Provinz El Sena, um bei der Paranuss-Ernte im Grenzgebiet zur Provinz Vaca Diez im Department Beni zu arbeiten. Dort erntete er als Hilfsarbeiter die Früchte und bot dann die Dienste seiner kleinen Barke an, um die Fracht über den Fluss an andere Orte zu transportieren. Schließlich reiste er auch in den Beni, um bei der Ernte von Palmherzen zu helfen oder Gold zu schürfen. Als dort die Arbeit knapp war, wagte er sich weiter nach Norden an die Grenze, in die benachbarte peruanische Provinz Madre de Dios oder in den brasilianischen Bundesstaat Acre. Diese Jobs waren die beste Gelegenheit, Geld zu verdienen, um die lebenswichtigen Vorräte für ihr Zuhause zu bekommen, wie Kleidung, Töpfe oder das Radio, das sie sich schon immer kaufen wollten.

Die Route, die er nahm, änderte sich aufgrund der Regenzeiten immer wieder, wurde immer unregelmäßiger und undurchquerbarer. Oft brauchte er Monate, um nach Hause zurückzukehren, und jedes Mal kam er mit wenig Geld, wenigen Dingen und sehr schlechter Laune zurück. Im Allgemeinen gab er die Gewinne für Alkohol und Frauen aus, die er besuchte, wenn er im Hafen der Stadt anlegte, wo er die Nacht verbringen musste. Rita schalt ihn immer und drohte, ihn zu verlassen, aber das Gefühl, die Familie über alles zu bewahren, so wie es ihre Mutter ihr beigebracht hatte, war stärker bei ihr.

Während einer Fahrt mit einer großen Ladung Buena-Ventura-Nüsse nach Norden musste er plötzlich anhalten, weil er Löcher entdeckte, durch die sein kleines Boot zu kentern drohte.

„Dort hatte ich meinen Unfall mit dem Bein", sagt er und zeigt mir die Narbe an seinem rechten Unterschenkel. „Einige Männer halfen mir, den Lastkahn zu entladen, und gemeinsam schafften wir es, ihn aus dem Fluss zu hieven. Aber als wir ihn auf ein paar Steine gehoben hatten, um die Löcher zu schließen, rutschte er aus und fiel mir aufs Bein. Das Einzige, woran ich mich erinnere, ist, dass es anfing zu bluten. Dann wurde ich ohnmächtig."

Juan wurde zuerst zum Gesundheitsposten gebracht und dann in ein Krankenhaus in einem größeren Ort verlegt. Dort wurde er wieder gesund, aber sie machten auch mehrere Tests, und einer von ihnen ergab, dass er HIV hatte. Juan wusste nicht, was das für eine Krankheit war, und da er sich nicht krank gefühlt hatte, hatte er auch keine Symptome gehabt, die ihn glauben ließen, er sei krank. Deshalb beachtete er die Hinweise des ihn begleitenden Gesundheitsbeauftragten nicht. Er setzte seine Reise fort und trug die Ladung Nüsse und diese Diagnose mit sich, die er nicht ganz verstand.

121

Er blieb mehrere Monate in El Sena und wartete darauf, dass das Wasser zurückging. In der Zwischenzeit arbeitete er als Markthelfer und sammelte Obst und Gemüse für eine Frau (eigentlich seine Geliebte), die einen kleinen Lebensmittelladen besaß. Juan blieb jedes Mal bei ihr, wenn er vorbeikam.

„Ich vermute, dass sie mich angesteckt hat", meint er etwas verärgert, während wir uns langsam flussaufwärts bewegen. „Sie hat mir immer ein schlechtes Gefühl gegeben, sie hat mir Dinge verheimlicht, sie hat mich ausgenutzt, sie wollte immer ein bisschen Geld von mir bekommen, und ich wusste, dass sie andere Männer hatte, wenn ich nicht da war", erinnert er sich.

Während er sich erholte, fiel ihm diese Krankheit wieder ein. Er saß nachmittags im Innenhof des Hauses, das ihm nicht gehörte, und dachte darüber nach, was ihm der Arzt gesagt hatte. Er fühlte sich nicht krank, und das machte ihm tatsächlich am meisten Angst. Laut dem Arzt bewirkte HIV, an anderen Dingen zu erkranken, und das war es, was ihn töten konnte.

„Das habe ich verstanden. Aber wie konnte eine Krankheit andere Krankheiten verursachen? Ich verstand es nicht, also fing ich an zu fragen."

Aufgrund der unzähligen Reisen, die er unternommen hatte, hatte er viele Bekannte in verschiedenen kleinen Städten am Flussufer, besonders in El Sena, wo er viele Male vorbeigekommen war. Unauffällig begann er, den Leuten auf dem Markt, den Fischern am Fluss und gelegentlichen Händlern, mit denen er sich unterhielt, Fragen über die Krankheit zu stellen. Niemand kannte sie genau. Nur wenige gaben ihm gewisse Hinweise, was ihn eigentlich noch viel mehr verwirrte.[52]

„Du bekommst es, wenn du an der gleichen Stelle sitzt, an der ein infiziertes Mädchen saß, Sex mit einem alleinstehenden Mädchen hast, das mit Männern aus Brasilien zusammen war, und Wasser aus einem Glas trinkst, das zuvor eine Person mit irgendeiner Art von Infektion getrunken hat", informierte ihn ein alter Mann.

„Diejenigen, die diese Krankheiten bringen, sind die Mädchen, die von anderen Orten kommen", versicherte ihm ein Junge auf dem zentralen Platz.

„Das liegt an homosexuellen Praktiken, aber nur unter Brasilianern. Aber es ist sehr gut möglich, dass einige junge Menschen aus den indigenen Gemeinschaften an diesen Praktiken beteiligt sind und dafür verantwortlich sind, dass diese Krankheit uns erreicht hat", sagte eine ältere Dame wütend.

„Wenn die Frau einen gelblichen Ausfluss mit Flecken auf ihren Geschlechtsorganen hat und der Mann Sex mit ihr hat, dann infizieren sich beide", sagte ihm ein anderes Mädchen auf dem Markt.

---

[52] Zeugenaussagen in der Studie „Pueblos indígenas, ITS, VIH y SIDA. [= Indigene Völker, sexuell übertragbare Krankheiten, HIV und AIDS.] Infecciones de transmisión sexual, VIH y SIDA en comunidades indígenas de Pando: una aproximación a conocimientos, actitudes y prácticas de poblaciones adultas y jóvenes [Sexuell übertragbare Infektionen, HIV und AIDS in indigenen Gemeinschaften vom Pando: ein Ansatz zu Wissen, Einstellungen und Praktiken der erwachsenen und jugendlichen Bevölkerung]" (Puig Borrás 2004).

Juan war fassungslos. Er versuchte sich zu erinnern, welche der Frauen, mit denen er im Laufe der Jahre zusammen gewesen war, diese Eigenschaften gehabt hatte. Auf seiner Liste standen mehrere. Es hätte jede sein können, aber er war sich nicht sicher. Er dachte, dass es am besten wäre, nach ihnen zu suchen, um herauszufinden, ob sie noch lebten, ob sie krank geworden waren, ob ihnen etwas passiert war. Aber dann gab er die Idee auf. Er fühlte sich allein, verlassen, traurig, hilflos und verletzlich. Also beschloss er, zu seiner Familie nach Hause zurückzukehren, um bei seinen Lieben zu sein.

Ein paar weitere Tage vergingen, er bezahlte seine Schulden, verabschiedete sich für immer von seiner Geliebten und als er sich endlich erholt hatte, kehrte er nach Hause zurück. Fast eine Woche schipperte er allein auf dem Fluss. Groß war seine Überraschung, als er ankam und niemanden vorfand.

„Das Haus war eingestürzt, die Tiere waren nicht da, auch die Kinder nicht", erzählt er. Es war, als würde man auf einem Friedhof ankommen. Im Hof fand ich zwei Gräber. Es waren die von meinem ältesten Sohn und einem der Zwillinge. Dann sagten sie mir, dass sie schwer krank geworden seien und dass ihnen niemand helfen konnte. Meine Frau ging mit dem anderen Zwilling fort, keiner wusste, wohin. Ich wurde allein gelassen, weinte und wusste nicht, was ich tun sollte", schließt er.

Juan Espinoza bereist nun die Flüsse von Amazonien auf der Suche nach seiner überlebenden Frau und Tochter. Er fürchtet tief im Inneren, dass er sie mit seiner Krankheit angesteckt hat und am Tod seiner beiden anderen Kinder schuld ist. Er befährt die tropischen Gewässer Nordboliviens und trägt diese Schuld auf seinem Lastkahn.

Er weiß nicht, wie lange er noch leben wird oder ob er sich von seinen Lieben je verabschieden können wird.

Inquisition im Dschungel

Das Bild, das wir uns von den indigenen Völkern Boliviens machen, ist geprägt von unserer eigenen urbanen Erfahrung. Wir glauben, dass im Dschungel, fernab von z.b. kulturellen und religiösen Zumutungen des Westens, die Gemeinschaftsmitglieder freier in ihrer Weltanschauung leben, dass ihre täglichen Praktiken weniger verdorben und natürlicher sind. Aber die Realität sieht anders aus, und kurz gesagt, das Ausmaß der Diskriminierung oder Gewalt gegenüber sexueller Vielfalt ist fast gleich oder schlimmer als in den Großstädten.

Die indigene Zentrale der indigenen Völker von Amazonien und Pando (CIPOAP)[53] vereint die Gruppen der Tacana, Cavineño, Ese-Ejja, Yaminagua und Machineri. Ihr Hauptquartier befindet sich in der Mapajo-Zone von Cobija, und dort treffen sie sich, um grundlegende Fragen im Zusammenhang mit indigener Autonomie, der Anerkennung des Landes und seiner natürlichen Ressourcen sowie ihrer Ansprüche und Vorschläge als indigene Völker aus dem Osten des Plurinationalen Staates Bolivien zu diskutieren. Die Vertreter jedes indigenen Volkes wollen sich Gehör verschaffen und Maßnahmen zum Wohle ihrer Gemeinschaften durchsetzen. Als ich am Telefon erkläre, worum es bei meiner Untersuchung geht, und um ein Treffen mit den

---

[53] Central Indígena de Pueblos Originarios de la Amazonía de Pando

Verantwortlichen bitte, erhalte ich eine klare Absage. Sie scheinen mit wichtigeren Dingen beschäftigt zu sein.

Aber nebenan, im selben Haus, arbeitet die Zentrale indigener Frauen von Amazonien und Pando (CIMAP)[54], und dort empfangen sie mich. Amanda, eine Tacana-Führungskraft, erzählt mir, wie die Organisation funktioniert, wie Frauen in Gemeinschaftsentscheidungen einbezogen werden und mit welchen Gefahren und Hindernissen sie als Frauen angesichts von Männern in hauptsächlich machohaften und patriarchalischen Gesellschaften konfrontiert sind. Amanda ist sehr nett. Es gelingt ihr, mich einigen CIPOAP-Führungskräften vorzustellen und sie davon zu überzeugen, sich mit mir zu treffen. Wir fangen an, über das Thema zu reden, aber es scheint, dass sie es sehr schwierig finden. Sie beantworten viele Fragen nicht, außer mit einer Geste der Missbilligung oder mit Schweigen. Sie wissen, was sexuelle Vielfalt, Homosexuelle, Transvestiten sind, aber sie sprechen nicht darüber. Die Atmosphäre ist angespannt. Ich spüre ihre aggressiven Blicke, als wären sie in Gefahr.

Dann, nach einer dramatischen Stille, spricht ein Ese-Ejja-Kapitän. Seine Stimme ist fest und seine Worte sind kraftvoll:

„In meinem Dorf gab es mehrere von ‚denen'. Aber sie sind gegangen, weil sie uns als Gemeinschaft Schaden zugefügt haben. Wir haben ihnen gesagt: ‚Wir werden alle Schwuchteln, Penner und Drogensüchtigen verbrennen', und dann sind alle abgehauen."

---

[54] Central Indígena de Mujeres de la Amazonía de Pando

„Ist das nicht übertrieben?", frage ich vorsichtig.

„Übertreiben tun sie", antwortet er wütend. „Sie verschmutzen unsere Gemeinde, pervertieren unsere Kinder und hinterlassen ein schlechtes Image des Dorfes. Deshalb können wir ihnen nicht erlauben, bei uns zu leben."

Klingt mir nach einer bekannten Rede. Ich sage nichts und warte darauf, dass sich jemand anderes zu Wort meldet.

„Sag das nicht, Don Mario, sie sind auch Menschen, aber sie sind anders als wir... sie sind mehr wie Frauen", mischt sich Amanda lachend ein und schafft es, die anderen aufzulockern und sie zum Lächeln zu bringen.

Ich spreche den Ese-Ejja-Kapitän wieder an.

„Verbrennt man in deiner Gemeinde wirklich ‚Schwuchteln'?", frage ich ihn.

„Bis jetzt haben wir das noch nie gemacht", antwortet er ruhiger. „Aber es ist eine Maßnahme, die wir ergreifen werden, weil wir bereits zu viele sehen. Die Jungen verlassen die Dörfer und gehen in die Stadt oder in andere Gemeinden in Brasilien und kommen mit schlechten Angewohnheiten zurück. Das werden wir nicht zulassen", beteuert er mit entschlossener Stimme.

Die Luft im Raum wird leichter. Die Anwesenden beginnen, sich zu beruhigen und unter Scherzen über das Thema zu sprechen. Wir gewinnen an Vertrauen.

„Ich habe einmal eine Schwuchtel getroffen. Er war aus einem anderen Dorf", erzählt einer. „Wir haben uns ein paar Mal unterhalten, aber mehr nicht. Ich dachte, das sind gute Leute", fährt er fort.

„Hier in der Hauptstadt gibt es mehrere. Ich habe sie auf der Straße gesehen", sagt eine ältere Frau, während sie einen Schluck Kaffee trinkt. „Sie stehen auf dem zentralen Platz rum und nachts gehen sie aus. Die tragen Kleider und malen sich schlimmer an als Frauen. Sie sind sehr auffällig anzusehen. Ich mag sie nicht, sie ekeln mich an", sagt sie mit einer Geste des Abscheus. Die anderen lachen laut.

„Es gibt auch Frauen, die andere Frauen lieben", sagt Amanda. „Aber sie sind gut, sie sind nie übertrieben oder stören einen."

„Ich wusste nicht, dass Frauen auch Frauen lieben. Gibt es da wohl viele?", fragt ein neugieriger junger Cavineño-Anführer.

„Sicher", antwortet Amanda, „aber sie lassen sich nicht sehen, sie sind nicht wie die Schwulen."

Jetzt plaudern sie untereinander, tauschen Anekdoten und Kommentare aus. Einige lachen, eine Frau bekreuzigt sich und ein anderer Mann hört schweigend der Geschichte zu, die ihm der Nebenmann erzählt. Nur der Ese-Ejja-Kapitän bleibt stumm und sieht mich von seinem Stuhl in der Ecke des CIMAP-Besprechungsraums aus an. Ich schüchtere ihn ein und mache ihn neugierig. Das weiß ich. Er will mir ein paar Fragen stellen, aber er traut sich nicht. Er bleibt lieber beim Abstand.

Amanda zieht ihren Stuhl heran und stellt ihn neben mich. Sie setzt sich und fragt mich nach meinem Leben, meiner Arbeit und anderen

Dingen. Ich sehe sie an und gebe ihr die Gelegenheit, mir die Frage zu stellen.

„Meine Tochter...", sagt sie leise, „viele Leute tratschen über sie. Sie sagen mir, dass sie mit Frauen rumhängt. Dass sie Frauen mag... sie ist lesbisch, heißt es."

Ich bleibe stumm, sehe sie an, verstehe ihre Unsicherheit, ihren Schmerz.

„Hat sie dir etwas erzählt?", frage ich sie ebenfalls leise.

„Nein, wir haben nie darüber gesprochen", antwortet sie mir. „Wir stehen uns nicht sehr nahe und haben dieses Vertrauen nicht. Aber sie ist jetzt erwachsen und hat keinen Mann. In ihrem Alter hatte ich bereits drei Kinder. Sie ist schon fünfunddreißig und lebt allein. Ich fürchte, sie wird eine alte Jungfer", vertraut sie mir etwas enttäuscht an.

Ich frage Amanda, ob sie sie jemals mit einer anderen Frau gesehen hat. Sie sagt nein. Dass sie selbst in ihrem Dorf lebt und ihre Tochter hier, in Cobija. Sie sehen sich selten und sprechen kaum miteinander.

„Würde es dich stören, wenn deine Tochter lesbisch ist?", frage ich sie direkt.

„Nein", antwortet sie sofort. „Ich wünschte nur, sie würde es mir sagen. Ich werde es nicht missbilligen oder wütend werden. Aber ich würde es gerne wissen. Was kann ich tun?", fragt sie mich mit feuchten Augen.

Ich weiß nicht, was ich ihr erwidern soll. Jemand unterbricht und bittet darum, dass wir das Meeting beenden. Amanda verstummt. Ich sage ihr, dass wir uns unterhalten können, wenn ich von meiner Reise in den Norden zurückkomme. Sie bleibt ruhig. Ich danke allen für ihre Geduld. Ich verabschiede mich. Ich komme nicht mehr zurück.

Lennon hatte recht

Das „Lennon" ist ein einzigartiger, eigenartiger und unverwechselbarer Nachtclub in Cobija. Und gleichzeitig ist es einer der demokratischsten Orte des Landes. In diesem physischen Raum beobachtet man die Koexistenz von Menschen und Charakteren, die in anderen Bereichen unmöglich zusammen zu sehen wären. Über das gesamte Lokal verteilt gibt es Viehzüchter, Kaufleute, Transvestiten, Homosexuelle, Menschenhändler, übernächtigte Politiker, Brasilianer, die für das Wochenende auf der Suche nach Spaß und Entspannung kommen, Prostituierte und gelegentliche Touristen. Alle kommen unter einem Dach zusammen, tauschen soziale Konventionen aus und zerstören künstliche Barrieren – mit Alkohol als Auslöser – , um ein komplexes soziales System aufzubauen, das es jedem ermöglicht, zu existieren, ohne den anderen zu verletzen oder zu demütigen.

An diesem Ort trafen sich Ignacio und Prudencio sicherlich, als sie ihre ersten öffentlichen Küsse teilten. Begleitet von ihren Studienkollegen, engen Freunden, konnten sie ihre Zuneigung ohne Angst vor Tadel, Zensur oder Gewalt zum Ausdruck bringen. Jeder erlebt die fiktive Freiheit, die Orte wie dieser gewähren, und lotet seine Grenzen zwischen Alkohol und exzessiver Leidenschaft aus. Die ganze Nacht tanzen, springen, schwitzen, sich umarmen, vor Freude laut lachen.

Juan Espinoza ging auch dorthin, um zu trinken. Er betrank sich mit seinen Freunden und ging vor Tagesanbruch mit irgendeiner Prostituierten in die billige Unterkunft, in der er wohnte, wenn er ein paar Tage in Cobija verbrachte. Jeder Besuch war gleich, und jedes Mal war es eine andere Frau. Manchmal kam er in Begleitung, manchmal ging er mit der ersten, die sich bereit erklärte, die paar Scheine zu nehmen, die er am Vortag verdient hatte. Vielleicht hat er sich dort mit HIV infiziert, obwohl es ihm jetzt egal ist, von wem es war. Sein Leben kommt und geht mit dem Lauf des Flusses, dem er unablässig folgt, auf der Suche nach seiner Familie.

Amandas Tochter sitzt in einer der dunkelsten Ecken vom „Lennon". Dorthin wird sie von ihrer Freundin begleitet, mit der sie seit zehn Jahren eine heimliche Beziehung führt. Es ist ihre Kollegin an derselben Schule, wo sie beide als Grundschullehrerinnen arbeiten. Sie wohnen im selben Haus, teilen sich aber kein Zimmer. So sehen sie zumindest die Leute. Immer mit dem latenten Verdacht, dass ihre Tochter lesbisch ist, lebt und leidet Amanda jede Nacht, wenn sie sich ihre Tochter zwischen den Beinen einer anderen Frau vorstellt.

Cobija ist die freundlichste Stadt in Bolivien für sexuelle Vielfalt.

„Wir hatten hier noch nie Probleme", sagt Alcides, ein LGBTIQ-Aktivist aus dem Pando. „Die Leute behandeln uns gut, und soweit ich mich erinnern kann, gab es keinen Fall von Gewalt oder Mord an Homosexuellen oder Transvestiten."

Alcides sagt, dass außerdem zwei Trans-Kollegen in der Stadtverwaltung von Cobija arbeiten, wo sie entsprechend ihrer Geschlechtsidentität gekleidet auftreten.

„Das war ein großartiges Zeichen, dass sie ein Büro in der Stadtverwaltung bekamen", kommentiert er. „Dass dort zwei Transvestiten arbeiten, ohne Hosen tragen zu müssen. Viele Leute applaudierten dem Umstand, aber andere Leute waren anderer Meinung. Trotzdem arbeiten sie weiter und sind ein Vorbild für alle."

Er erzählt mir auch, dass viele Brasilianer aus verschiedenen Kleinstädten im Nachbarland die Grenze überqueren, um in den Club zu kommen.

„Dort werden sie unterdrückt und hier, da es eine Grenzstadt ist und viele Menschen kommen und gehen, können sie sich besser tarnen", fährt er fort und fügt hinzu: „Es gibt viele sehr schöne Brasilianer, die in ihrer Stadt eine Partnerin haben, aber hier kommen sie zu uns, weil sie eigentlich Homosexuelle sind."

Vielleicht hatte Lennon recht. In diesem Nachtclub, der seinen Namen trägt, gibt es trotz der schmutzigen Dinge, die darin passieren, mit den Exzessen des Alkohol- und Drogenkonsums und den dort ungestraften Betrügereien, einen Raum für das Zusammenleben ganz Verschiedener – wo Unterschiede, Geschmäcker und sogar Laster respektiert werden.

Imagine all the people living for today. / Imagine there's no country, It isn't hard to do. / Nothing to kill or die for, and no religion too. / Imagine all the people, / living life in peace...[55]

---

[55] „Stell dir vor, alle Menschen leben nur im Jetzt./ Stell dir vor, es gibt keine Grenzen, das ist nicht schwer zu denken./ Nichts, wofür wir töten oder sterben und auch keine Religion./ Stell dir vor, alle Menschen leben einfach nur in Frieden" (John Lennon 1971; Übersetzung SD).

Die Madonna von Sorata

Die letzte Nacht

Die erste Nacht, in der die Madonna von Sorata als Prostituierte arbeiten ging, war die letzte ihres Lebens. Wie fast alle Todesfälle kam auch dieser unerwartet, genau in dem Moment, als sie, ein zarter Aymara-Schmetterling, ihre Flügel ausbreitete.

Nachdem sie die notwendigen Kontakte geknüpft und die Prüfungen bestanden hatte, die ihre neuen Gefährtinnen ihr auferlegt hatten, war die Madonna bereit, sich dem Leben zu stellen und ihr tägliches Brot durch die Arbeit mit ihrem Körper zu verdienen. Es handelte sich um etwa sieben Frauen, die in Villa Alemania in der Stadt El Alto ein kleines Haus mieteten. Dort lebten, kochten, schliefen sie, wuschen ihre Kleider und teilten Brot, Schmerz und Freude. Nachts gingen sie manchmal als Gruppe hinaus, um die kalten Straßen dieser Stadt zu erkunden, die in weniger als 30 Jahren eine Million Einwohner hatte.[56] Sie wurden an vielen Straßenecken erwartet, auch in zwielichtigen

---

[56] Als Produkt der Völkerwanderungen von 1932 (nach dem Chaco-Krieg), 1952 (Aprilrevolution) und 1985 (mit der Umsiedlung von Bergleuten) entstand diese städtische Siedlung, die am 26. September 1988 per Gesetz 1014 in den Rang einer Stadt erhoben wurde. [Heute hat El Alto etwa eine Million Einwohner, eigene Universitäten, wichtige kulturelle Ausdrucksformen wie den vor allem in der Architektur bekannten *Cholet* und beherbergt den internationalen Flughafen von La Paz. Nur etwa 1000 m höher gelegen als La Paz ist es zudem über Straßen und die Seilbahn *Teleférico* in wenigen Minuten von La Paz mit seinen ebenfalls einer Million Einwohnern zu erreichen. Anmerkung SD]

Kneipen oder direkt in Bordellen, wo sie gelegentlich arbeiteten und sich allen Gefahren aussetzten, die ein solcher Job mit sich bringt.[57]

Die Madonna kam im Januar 1991 in dieses Haus. Ihre Ankunft bedeutete eine Veränderung der Gruppe, die sich damals gerade erst gebildet hatte. Und fast mussten sie sie so hinnehmen. Einige der Frauen hatten Vorbehalte, sahen sie mit gewisser Verachtung und Misstrauen an und behandelten sie herablassend. Aber Sor Juana, die Älteste und „Gründerin" der Gruppe, hatte kein Problem mit dem kleinen Detail, dass die Madonna biologisch ein Mann war.

Auf diese Weise begann eine schwierige Beziehung, die nach und nach von jener Gemeinschaft erfüllt wurde, die nur leidende und entschlossene Seelen haben können. Die Gruppe wurde stark. Sie fingen an, Dinge für das Gemeinschaftshaus zu kaufen, sie gingen zum kleinen Markt im Süden, um sich mit Lebensmitteln einzudecken, und sie wuschen ihre Kleider und hörten Radio Pachamama, 106 FM. Damals kochte die Madonna nur und durfte nicht mit ihren Gefährtinnen auf die Straße gehen.

„Es ist sehr gefährlich", sagte die Wölfin, eine Frau in den Dreißigern, der zwei Zähne fehlten.

---

[57] „Nach Angaben der Internationalen Organisation für Migration (IOM) hat schätzungsweise jede dritte in der Sexarbeit tätige Frau in den Städten La Paz und El Alto irgendwann in ihrem Leben unter ausbeuterischen Bedingungen gelitten" (*Periódico Cambio*, 11.04.2011).

„Du bist noch nicht alt genug für diese Dinge", meinte die im Umfeld berühmte Lady Di, die einen Polizisten mit einem Faustschlag niedergeschlagen haben soll.

„Wir werden dir beibringen, wie man arbeitet und wie man mit Männern am besten umgeht, versichert ihr Sor Juana, ihre Mentorin und Beschützerin, die Jahre später auch den berühmten ‚Hurenstreik' in El Alto anführen würde.[58]

So blieb die Madonna den ganzen Tag bei der Hausarbeit, wohl wissend, dass es ihr an Essen und Obdach nicht mangeln würde und dass sie von Frauen umgeben war, die sie schätzten und sich um sie kümmerten.

So vergingen ein paar Monate. Die Madonna kämpfte jeden Tag darum, die Aufgaben zu erfüllen, die ihre ‚älteren Schwestern' ihr auferlegten. Manchmal hinterließen sie ihr Lektionen, die sie mit Gewalt lernen musste. Wie das eine Mal, als sie vergessen hatte, die Haustür abzuschließen, nachdem die Wölfin betrunken und mit blutiger Nase angekommen war, weil sie sich mit ein paar Betrunkenen in La Ceja geprügelt hatte. Sie wurde streng gerügt und ihr wurde gesagt, dass ein Teil ihrer Arbeit im Haus auch die Sicherheit sei. Sie musste mehr aufpassen, da sie die Einzige war, die keine ‚kleinen Pillen', wie sie die Droge nannten, nahm, nicht trank und nach Aussage der anderen weder Freundinnen noch einen Freund hatte.

---

[58] „Die Stadt El Alto blieb im Oktober 2007 halb gelähmt, weil Dutzende Prostituierte und Besitzer von Vergnügungszentren im Hungerstreik sind und Sicherheit für ihre Arbeit fordern" (*BBC Mundo*, 24.10.2007).

Manchmal, in der Einsamkeit der Wochenenden, wenn das lokale Fernsehprogramm sie ermüdete, ging die Madonna für eine Weile auf den Hinterhof hinaus. Dort weinte sie leise und blickte zu den leuchtenden Sternen hinauf in diesem eisigen Hochland. Sie wirkten wie ein Spiegelbild ihrer Seele. Manchmal erinnerte sie sich an jene Tage, als sie in Sorata lebte, als ihre Mutter noch lebte, als ihr Schicksal noch geschrieben wurde. Drei Jahre waren vergangen, seit sie sich entschieden hatte, ihren Ort zu verlassen, ihre Familie aufzugeben und ein eigenes Leben aufzubauen. Sechs waren es, seit sie sich in Jean-Luc verliebt hatte, oder besser gesagt, seit er sich in sie verliebt hatte. Neun, seit sie zum ersten Mal den Rock ihrer Mutter angezogen und sich lächelnd im Spiegel betrachtet hatte. Einundzwanzig, seit sie auf die Welt gekommen war, bereit, sich einen Platz in dieser Welt zu suchen.

Es waren schwere Zeiten. Die Volkswirtschaft taumelte inmitten einer Amateurdemokratie, die wenig oder gar nichts tun konnte, um die Bedürfnisse der Bevölkerung zu befriedigen. Die Zeit der Staatsstreiche und des Militärs auf den Straßen war vorbei, aber die Ungewissheit und die soziale Krise hielten an, unversehrt, aber wie eine unheilbare Krankheit, die immer mit dem Tod an der Ecke lauerte. Das Nachtleben und die Exzesse, die in kleinen Häusern in schlecht beleuchteten Vierteln von El Alto an von Hungersnöten gezeichneten Orten begangen wurden, boten Frauen wie ihr, wie ihren ‚Schwestern‘, die zu allem bereit waren, gewisse Vorteile. Überlebensinstinkt, nannte man es.

Kurz vor den Nationalfeiertagen wurde die Madonna von Sorata von ihren Begleiterinnen gekonnt vorbereitet, da die Kundschaft erheblich zunahm, und sie sollte im August ihr großes Debüt haben. Sie erzählten ihr die Geheimnisse und Schwächen der Männer, die sie bei ihrer nächtlichen Arbeit entdeckt hatten. Die Madonna achtete genau auf jedes Wort, das man ihr sagte, jeden Trick, den man ihr beibrachte, jede Praktik, die sie anwenden sollte.

Zuerst musste man sie betrunken machen, dann mit ihnen spielen. Das Wichtigste war, dass sie selbst nicht trank. Sie musste auf sich aufpassen. Nicht viel zu trinken. Keine fremden Substanzen zu probieren und um nichts in der Welt jemanden so davonkommen lassen. Wenn der Kunde zu betrunken war oder einschlief, musste man seine Taschen überprüfen, denn er hatte sicherlich etwas Wertvolles. Wenn er gewalttätig wurde, musste man notfalls weglaufen oder um Hilfe schreien. Wenn er zu stinkend und schmutzig war, musste man ihn mit der Hand masturbieren und vermeiden, penetriert zu werden. In diesen Fällen musste Oralsex um jeden Preis vermieden werden. Ein schmutziger oder infizierter Penis könnte gefährlicher sein als Kokain oder ein paar Schläge.

Die Madonna lauschte aufmerksam den Anweisungen, den Instruktionen, um in diesem Beruf zu arbeiten, der sie so sehr in den Bann zog. Ab und zu lachte sie über die Anekdoten und urkomischen Geschichten ihrer Weggefährtinnen, die damals schon ihrer Vergangenheit und Gegenwart mit gewissem Humor gegenübertraten. Eine ganze Nacht, in der niemand zur Arbeit ging, war ihrer Vorbereitung gewidmet. Am folgenden Samstag würde sie zum ersten Mal rausgehen.

„Aber was wird mit…", fragte die Madonna etwas nervös, „weißt du… mit meinem Schwanz."

„Keine Sorge", sagte die Wölfin. „Wir werden dir dabei helfen. Wir werden ihn gut verstecken. Außerdem werden einige von ihnen so betrunken sein, dass sie den nicht einmal bemerken", fügte sie mit einem verschmitzten Lächeln hinzu.

„Außerdem", unterbrach Sor Juana, „gibt es viele Männer, die von hinten gefickt werden wollen."

„Ja", fügte Betty hinzu. „Ich hatte einmal ein paar Schwuchteln. Es gibt echt viele. An Arbeit wird es dir also nicht fehlen."

Die Madonna war beruhigt. Sie war immer noch etwas nervös, fühlte sich aber schon ein bisschen sicherer. Und in den nächsten Tagen verbrachte sie ihre Zeit damit, nach Kleidung, Make-up und Zopfverlängerungen für ihr Haar zu suchen. Eines hatte sie ihnen gesagt: Sie würde in den wallenden Aymara-Röcken rausgehen. Sie war eine Aymara-Frau, Erbin der Gnade alter Zeiten, und sie wollte ihrer Vergangenheit Tribut zollen, sogar in ihrer Kleidung. Niemand sprach sich dagegen aus; im Gegenteil, sie gratulierten ihr zu ihrer Entscheidung. Das würde sie noch exotischer, markanter, begehrter machen.

Sie verbrachte die Woche damit, sich auf ihre eigenen Routinen und ihren Trubel zu konzentrieren, und als der Samstag näher rückte, spürte die Madonna eine Enge in ihrer Brust. Eine Art Leere, die sie überflutete, die sie zum Schweigen brachte, die sie erzittern ließ. Sie versuchte das zu ignorieren. Sicherlich waren es die Nerven der Anfängerin, die Qual und Angst, in den eisigen Nächten von El Alto hinauszugehen und sich auf der Straße zu verdingen. Die anderen Mädchen versuchten sie zu verstehen. An manchen Tagen ermutigten sie sie, an anderen machten sie Witze mit ihr oder schrien sie an, als wollten sie sie zwingen, Mut zu fassen und sich ihrem Schicksal zu stellen. Die Madonna war sich sicher. Aber tief, tief in ihrem Herzen ließ ein Stachel sie nicht friedlich schlafen.

Am Samstagmorgen wachte sie bereits vor Tagesanbruch auf. Sie ging hinaus auf den Hof, der immer noch von Raureif bedeckt war, und sprach sich selbst ein paar Worte der Ermutigung zu. Sie blieb still. Und sie befahl sich auch, ihr Herz zu verschließen. Heute Nacht war die erste ihres neuen Lebens und sie war bereit, sie zu genießen.

Vor Sonnenuntergang war die Madonna von Sorata in blinkende Röcke mit auffälligen silbernen Verzierungen gekleidet, trug lange schwarze Zöpfe, die bis unter die Taille reichten, und einen kleinen schwarzen Hut über ihren tanzenden Augen. Die Mädchengruppe bildete einen Kreis um sie und betete gemeinsam zu Santa Nefija, der Schutzpatronin der Huren.[59] Sor Juana, die Einzige in der Gruppe, die ins Ausland gereist war, hatte das Ritual in Spanien gelernt, wo sie als junge Frau ihr Handwerk begann. Am Ende des Gebets gingen sie und die Madonna blieb allein in der Mitte des Raums zurück. Mit geschlossenen Augen seufzte sie tief und ging hinaus auf die Straße.

Sie ging ein paar Blocks zu Fuß, nahm ein Taxi und bat darum, zur Avenida Juan Pablo II gebracht zu werden, wo eines der Mädchen mit

---

[59] „Hinweise auf diese Heilige und ihre ‚Tugenden' finden sich in *La lozana andaluza* von Francisco Delicado, in *Ragionamenti* von Pietro Aretino (als Nafissa), in *Descripción de África* von León dem Afrikaner (als Nafisa) und im Text *Quevedo en Nueva España* von der Nationalen Autonomen Universität Mexikos (etwas anders ‚Santa Nefija und Doña Urraca, gaben Almosen von ihren Körpern; den Mauren für Geld, den Christen umsonst')" (Sanz 2010).

ihrem ersten Kunden auf sie warten würde. Sie nahm einen kleinen Spiegel aus ihrer Tasche, um ihr Make-up aufzufrischen, als sie aus dem Augenwinkel die Silhouette eines Mannes sah, der hinter ihr stand. Er war im Kofferraum versteckt gewesen. Sie konnte nicht so schnell reagieren. Ihre Augen schlossen sich langsam, als sich das Seil um ihren Hals schnürte und sich das Auto in einer dunklen, namenlosen Straße verlor.

Der erste Tag

Rodolfo Quispe wurde um zehn Uhr morgens im Dienstmädchenzimmer geboren, in dem seine Mutter dreißig Jahre lang gelebt hatte. Er weinte nicht, aber sowohl die Hebamme als auch Doña Eugenia waren überrascht von dem warmen, winzigen Lächeln, das sich auf seinem Gesicht zeigte. Er kam auf die Welt, um zu lächeln. Und das tat er in den einundzwanzig Jahren, die er lebte.

Seine Kindheit verging mit der Normalität, mit der Kinder auf dem Land aufwachsen. Ab seinem fünften Lebensjahr half er seiner Mutter bei der Hausarbeit im Haus der Rosales, einer der wohlhabendsten Familien in La Paz, die dieses Anwesen besaßen, das sie einige Male im Jahr besuchten. Sie behandelten ihn oder Doña Eugenia nie schlecht, aber sie schränkten sie immer in verschiedenen Aspekten ein. Zum Beispiel kam Rodolfo erst mit acht Jahren in die Schule, weil man zu Hause sagte, es sei nicht nötig, er solle lieber Landarbeit lernen, das sei sein Lebensweg. Eines Nachts weinte Rodolfo so sehr, dass seine Mutter ihn am nächsten Tag zur Pfarrei brachte und es ihr mit der Hilfe von Pater Quintana gelang, ihn in der Stadtschule anzumelden. Von diesem Tag an zeigte Rodolfo seine Intelligenz, Kreativität und seinen Wunsch, sich selbst zu übertreffen, während er ständig lernte und Fragen stellte.

Rodolfo erntete Mandarinen aus dem Obstgarten der Herrschaft und brachte sie zum Markt, um sie zu verkaufen. Von diesem Geld kaufte er einige Kleidungsstücke und bewahrte den Rest in einer kleinen Schachtel auf. Er hatte den Plan, es für später aufzubewahren, wusste aber noch nicht genau, wofür. Er war klein und ziemlich rundlich, hatte kleinen Augen und ein breites Lächeln. Sein glattes schwarzes Haar fiel ihm in die Stirn und bedeckte fast seine Augen. Er kleidete sich immer in dunklen und unauffälligen Farben. Er hatte zwei schwarze Hosen und ein Paar Pullover, die seine Tante gestrickt hatte.

Weiter brauchte Rodolfo nichts. Er hatte die Liebe und Anerkennung seiner Mutter und die seltsame Überzeugung, dass er ein erfülltes Leben führte. Er war ein glücklicher Junge. Nachmittags nach der Schule, lief er ziellos durch die Berge, die Sorata umgeben, und ließ sich von seiner Fantasie treiben. Er flog über die Bäume, verwandelte sich in einen Frosch und sprang von Stein zu Stein. Oder er verwandelte sich einfach in ein Eukalyptusblatt und ließ im Wind verwehen. Unter dem imposanten Illampu-Berg,[60] der sich um selne kleine Seele kümmerte, fühlte er sich frei, wirklich frei. Nachts, schon auf dem Weg in die Arme seiner Mutter, stellte er sich die leuchtenden

---

[60] Nevado Illampu, aufgrund seiner Nähe zu dieser Stadt auch als Nevado de Sorata bekannt, ist ein Berg in den östlichen Kordilleren der Anden. Mit einer Fläche von etwa 200 km² erhebt er sich bis auf 6.485 Meter über dem Meeresspiegel.

Sterne am Himmel vor wie eine unendliche Decke aus Glühwürmchen, die ihn bedeckte und beschützte.

Jedoch im Alter von zwölf Jahren begann in ihm der schwindelerregende Prozess, der ihn mit vielen kleinen Ereignissen Jahre später in eine schöne und kokette Aymara-Frau verwandelten. Eines Nachmittags, als er die Kleider einsammelte, die er am Vortag seiner Mutter waschen geholfen hatte, fand er einen der Röcke, die Doña Eugenia bei der Sonntagsmesse getragen hatte. Er nahm ihn mit in sein Zimmer, schloss die Tür und probierte das Kleidungsstück vor dem Spiegel an, das noch nach weißer Seife roch. Er fühlte sich wohl. Er drehte sich ein paar Mal im Kreis und lächelte.

In diesem Moment wurde ein anderer Mechanismus in ihm aktiviert und sofort veränderte sich sein Gesichtsausdruck. Er wischte sich das Lächeln aus dem Gesicht und legte den Rock seiner Mutter zurück in die Schrankschublade. Die Monate vergingen, bis er erneut kam darüber nachdachte. Von diesem Nachmittag an war Rodolfo nicht mehr derselbe. Er wurde ein stiller Teenager, seine aufgeschlossene Art wurde plötzlich von einer zurückgezogenen Persönlichkeit überschattet.

Die Schule, in der er sich bis dahin als guter Schüler hervorgetan hatte, wurde allmählich zu einer Art Gefängnis für ihn. Rodolfo fühlte sich missverstanden, ihm fehlte immer ein liebes Wort und er sah nur falsches Lächeln. Er wusste nicht, wie man eine Freundin bekäme, und sein Freundeskreis war auf die von der Institution Schule gebotenen beschränkt. Er verwandelte sich langsam in jemanden, der er nicht sein wollte. Oder besser gesagt, er gab den Kampf um sein Leben langsam auf und ließ sich von der Trägheit der Gesellschaft mitreißen, jener Gesellschaft, in die er nicht ganz hineinpasste.

Rodolfo begann auf seine Weise zu verstehen, was in ihm vorging. Dieser Vulkan, der jeden Moment auszubrechen drohte und den er vergeblich zu besänftigen versuchte. Er wusste es eines Morgens, an jenem Morgen des ersten Tages, an dem er als Frau auftrat. Er konnte nichts tun, außer es anzunehmen.

Mit zunehmendem Alter wurde die Beziehung zu seiner Umwelt immer schwieriger. Seine Klassenkameraden belästigten ihn zu sehr und seine Nachbarn sahen ihn misstrauisch und gereizt an. Schließlich erkrankte seine Mutter, die ihn ohnehin schon mit einer gewissen Verachtung behandelte, und blieb bettlägerig zurück. Da wusste Rodolfo, dass Schmerz und Traurigkeit auch Teil seines Lebens sein konnten. So vergingen seine Tage zwischen den Bergen, wo er frei und glücklich war, und der Realität, die ihn gnadenlos bedrohte.

Bis er ihn eines Nachts auf dem Nachhauseweg am zentralen Platz des Örtchens zum ersten Mal sah.

Der letzte Tag

Sein Name war Jean-Luc und er war 26 Jahre alt. Er war im Winter nach Sorata gekommen und hatte beschlossen, eine Weile dort zu bleiben. Seine Eltern hatten ihm als Belohnung für seine guten Leistungen an der Sorbonne, die er mit Auszeichnung abgeschlossen hatte, eine Reise nach Südamerika geschenkt. Bis zu diesem Tag hatte er Patagonien, Machu Picchu, die Galapagos-Inseln, den Titicaca-See und eine lange Liste von Touristenattraktionen besucht, die Wohlhabende und französische Backpacker wie er häufig bereisten. Vielleicht auf der Flucht vor der dekadenten europäischen Welt und den bevorstehenden Arbeitsverpflichtungen, die er bald übernehmen müsste, beschloss Jean-Luc, eine Weile in Bolivien zu bleiben.

In den 1990er Jahren war Sorata noch kein beliebtes Touristenziel,[61] aber es kam immer jemand, der nach einem Ort suchte, an dem er sich ausruhen und mehr über die bolivianische Kultur erfahren konnte. Schon damals hatten mehrere Europäer Grundstücke gekauft, Hotels gebaut und Restaurants rund um das Städtchen eröffnet. In ebenso eines kam Jean-Luc durch die Empfehlung von einem Freund seines Vaters, der aus Frankreich für ihn reservierte und ein Jahr im Voraus bezahlte.

Seit seiner Ankunft widmete sich der junge französische Backpacker dem Versuch, in seinem rudimentären Spanisch zu kommunizieren, die Bräuche der Ureinwohner kennenzulernen und die Geschichte Boliviens zu studieren. Das war für ihn gar nicht so einfach. Er wollte so viel wie möglich über den Ort, an dem er sich befand, lernen und in Erfahrung bringen. Er fand einige neue Freunde und hatte sogar ein paar einheimische Freundinnen. Nichts Ernstes. Alles in Allem war er

---

[61] Sorata (2.695 m ü. M.) ist kolonialen Ursprungs. Es wurde von Spaniern gegründet, um als Zwischenstopp auf der Reise in die goldhaltigen Regionen Pelechuco und Tipuani zu fungieren. Im 18. Jahrhundert wurde es vom bolivianisch-peruanischen Indianeraufstand angegriffen und zerstört, angeführt von Túpac Amarus Neffen Andrés Túpac Amaru, bei dem die meisten der dort lebenden Spanier starben. Die Hauptaktivität ist Abenteuer- und Bergtourismus. Die Geographie von Sorata ermöglicht Klettern, Zelten, Mountainbiken, Forellensportfischen, Fotografieren und Wandern in der Region.

typisch europäisch: bunte Stoffhosen, ein Pullover aus Alpakawolle, den er in La Paz gekauft hatte, und Stiefeletten, die den Zweiten Weltkrieg überstanden zu haben schienen. Mit seiner extremen Magerkeit, seiner fast zwei Meter Körpergröße, seiner dicken Brille und seinen roten Haaren versuchte sich Jean-Luc vergeblich zu tarnen und erzielte eher das Gegenteil. „Der schlaksige Gringo" war der Spitzname, den sie ihm in der Stadt und in einigen Dörfern, in die er gekommen war, gegeben hatten.

Jeden Freitag saß er auf der Südseite des zentralen Platzes und starrte auf den Illampu-Berg, diesen majestätischen fernen schneebedeckten Riesen, der sich von der Hitze und Vegetation, die ihn umgab, abhob. Er fühlte sich hypnotisiert, angezogen und zart an dieses unbekannte Land gekettet, das er nach und nach zu lieben begann. Allmählich verschwanden das Echo der Züge, der Flugzeuge, der vielen Reisen und die nervige Stimme seiner Mutter. Er fand den Frieden, den er sich einst ersehnt hatte.

Eines Nachmittags, als die Sonne unterging, traf Jean-Lucs Blick auf die schönsten braunen Augen, die er je gesehen hatte. Sie waren von einem Jungen, der langsam ging, als würde er die Füße nachziehen, als würde er den Boden streicheln, auf dem er voranschritt. Ihre Blicke trafen sich für einen Moment. Und von diesem Augenblick an begannen sich ihre Leben miteinander zu verstricken.

Mit voller Absicht kehrte Jean-Luc an den darauffolgenden Freitagen zurück, um am gleichen Ort und zur gleichen Zeit dazusitzen. Seine Augen begrüßten die des Jungen, und bevor er schließlich den Mut aufbrachte, mit ihm zu sprechen, war das Lächeln bereits zur Gewohnheit geworden. Jean-Luc hatte in seinem Leben nur wenige

Liebesbeziehungen gehabt. Er war einer dieser Männer, denen das Geschlecht, die Hautfarbe oder die Kleidung anderer Menschen einfach egal waren. An der Sorbonne hatte er eine Affäre mit einem seiner Kommilitonen. Sie hatten eine leise und unvergessene Romanze. Dann verliebte er sich in eine Modedesignerin, aber die Beziehung glückte nicht und sie trennten sich nach ein paar Monaten. Er fühlte sich nie mehr zu Frauen hingezogen als zu Männern. Er hätte nie gedacht, sich zwischen dem einen oder anderen entscheiden zu müssen. Er hat sich einfach verliebt. Und so war er glücklich.

Ihre ersten Spaziergänge führten sie am Fluss entlang. An Samstagnachmittagen entwischten sie und fanden sich am nördlichen Ende des Sorata-Flusses unter der alten Brücke wieder. Von dort gingen sie am Flussufer entlang, erzählten einander ihr Leben und schenkten sich ein Lächeln. Eine beginnende Freundschaft verband sie und hielt sie fest, wie Schnee, der langsam auf Steine fällt.

Sie redeten, teilten ihre Träume und bauten zusammen eine Beziehung auf, von der sie wussten, dass sie nicht von Dauer sein würde, aber sie war es wert. Jean-Luc hörte fast nie auf zu reden, Fragen zu stellen, nach Antworten zu suchen. Rodolfo hingegen nickte fast immer mit einem Lächeln und versuchte zu erklären, warum Pachamama[62] seinen Leuten so wichtig war, warum sich die Früchte in der Stadt besser verkauften als im Dorf und warum er so war, wie er war. Oft verfingen sie sich in sinnlose Diskussionen, in absurde

---

[62] Mutter Erde

Vergleiche, aber sie beendeten die Konfrontation mit einem Witz oder ein wenig Geplänkel.

Einige Zeit später, inmitten ihrer üblichen Spaziergänge, spürten sie eine seltsame Präsenz. Zuerst maßen sie dem keine Bedeutung bei, aber dann begriffen sie, dass sie beobachtet, wenn nicht sogar heimlich verfolgt wurden. Obwohl ihre Beziehung noch nicht vollendet war, zogen sie es vor, Kommentare und Klatsch unter ihren Bekannten zu vermeiden, die ihre Beziehungen zum Dorf beeinträchtigen könnten. Sie beschlossen, eine Reihe von Richtlinien und Regeln aufzustellen, die sie von jenen ruhelosen Augen fernhalten würden, die sie um jeden Preis als ‚Sündiger' sehen wollten.

So wählten sie einen perfekten Ort für ihre Treffen. La Cueva de San Pedro, jene Grotte am Stadtrand von Sorata, die Fledermäuse beherbergte und die kaum jemand besuchte.[63] Sie waren sonntags dort, an den Tagen, an denen die meisten Stadtbewohner auf dem Markt waren. Sie standen immer eine Weile Wache, bis sie sicher waren, dass ihnen niemand gefolgt war. Sie inspizierten die Höhle und stellten fest, dass sie leer war. Erst dann setzten sie sich ruhig hin, holten ein paar Früchte heraus, die sie zum Essen mitgebracht hatten, und machten es sich bequem. Einmal trafen sie ein paar Betrunkene, die sie zu täuschen wussten, indem sie so taten, als würden sie auch

---

[63] Riesige natürliche Höhle, etwa 10 km von Sorata entfernt. In ihr befindet sich ein kleiner See und sie wird von drei verschiedenen Fledermausarten bewohnt. In etwa 40 Minuten kann man fast 2 km in den weißen Fels vordringen. Heute ist es ein obligatorisches Ziel für Touristen.

trinken. Es gab nur wenige Überraschungen, während sie dieses kleine Stück Himmel genossen, das sie sich zu schaffen wussten.

Als die Zeit verging und sich diese unsichtbaren Bande einer unkonventionellen Liebe verstärkten, begannen ihre Gespräche unvorhersehbare Wendungen zu nehmen. Sie wussten, dass sie sich tief im Inneren erlaubten, einander näherzukommen. Jean-Luc hatte viel über die europäische Malerei gelernt und hatte ein besonderes Faible für die Renaissance und Maler wie Tizian, Da Vinci, Permigianino oder Tintoretto. So lernte Rodolfo nach und nach etwas über Komposition, Perspektive, Anatomie und vor allem den Reiz äußerer körperlicher Schönheit, die in den Gemälden dargestellt wurde. In Miniaturform sah er alles in diesem kleinen Buch, das Jean-Luc ihm jedes Mal zeigte, wenn sie sich trafen. Seine Ängste oder dieses unbändige Gefühl, sich ständig verstecken zu wollen, verschwanden allmählich. Jean-Luc erzählte ihm vom menschlichen Körper, von der Schönheit, die er unabhängig von Hautfarbe oder Geschlecht besitzt. Er ließ ihn verstehen, dass die Kleidung keine Rolle spielte und dass das Wesentliche das war, was drinnen war, im Herzen, in seinem Herzen. Rodolfo hörte zu und nahm wie ein Schwamm diese Worte auf, die mit diesem französischen Akzent ausgesprochen wurden, in den er sich unwiderruflich verliebte.

Eines Nachts gestand Rodolfo ihm sein Geheimnis. Er sagte ihm, was er sich selbst verweigert hatte. Er war eine Frau, er fühlte sich als Frau, und er wusste nicht oder verstand nicht, wie er damit weiterleben sollte.

„Ich muss dir etwas sagen", sagte er, während ihm die ersten Tränen in die Augen stiegen.

„Nur zu. Ich höre dir zu", antwortete Jean-Luc und hielt inne.

„Eigentlich bin ich nicht das, was du siehst. Ich bin anders", sagte er, als würde er sich im Voraus entschuldigen.

„Geht es dir gut?", fragte Jean-Luc etwas besorgt.

„Ich, eigentlich... ich bin eine Frau", sagte Rodolfo und brach in Tränen aus.

„Und was ist falsch daran? Warum weinst du?", Jean-Luc sprach mit Gelassenheit, mit Sicherheit.

„Weil ich mich schlecht fühle. Ich weiß nicht, was ich tun soll", sagte Rodolfo und wischte sich die Tränen mit seinem rechten Arm weg.

„Wenigstens weißt du, was du bist. Das ist wichtig", sagte Jean-Luc forsch und beendete das Gespräch.

Rodolfo weinte weiter, aber nicht aus Traurigkeit. Er hatte das Gefühl, dass eine Last von ihm genommen worden war, dass jemand anders diesen Gedanken hören konnte, der ihm jede Nacht durch den Kopf schoss, jemand, der nicht die Absicht hatte, ihn dafür zu verurteilen oder zu verletzen. In einem plötzlichen Ausbruch von Vertrauen, das in all den Monaten schweigend aufgebaut worden war, näherte sich Rodolfo Jean-Luc und zum ersten Mal küssten sie sich in der Dunkelheit dieser Höhle, mit den Fledermäusen als Zeugen vor diesem dunklen, höhlenartigen Firmament und dem Licht der Kerze, die langsam erlosch.

Die Sonntagabende verwandelten sich allmählich in eine farbenfrohe Modenschau. Die Röcke, die Jean-Luc fand oder auslieh, die Kleider, die er von einer seiner sporadischen Reisen aus La Paz mitbrachte, brachten Rodolfos Körper zum Leuchten wie eine Blume im Frühling. Gemeinsam flochten sie schwarze Zöpfe aus Stofffetzen, die sie nach den Feierlichkeiten zu Allerheiligen am Rande des Friedhofs verstreut fanden. Silberne Schuhe, eine purpurrote Bluse und ein kleiner brauner Hut. Rodolfo verwandelte sich langsam in die sinnliche Chola, die er zu sein geträumt hatte. Seine Angst vor dem Leben war verschwunden.

Eines Nachts, kurz vor dem Winter, schenkte Jean-Luc ihm ein etwas anderes Outfit. Es war ein schwarzes Kleid mit einem breiten blauen Schal mit handgewebten Kanten und silbernen Perlen an den Enden. Rodolfo zog es sofort an und stellte sich vor ihm auf. Als Jean-Luc es sah, bekam er Tränen in die Augen. Er stand einfach nur da, versteinert, ekstatisch, ohne ein einziges Wort zu sagen. Er ging zu ihm und hob den Schal langsam an, bis er seine Stirn verschleierte.

„Du bist wie eine Jungfrau", sagte Jean-Luc in seinem beschwingten Spanisch mit französischem Akzent.

„Das liegt daran, dass ich Jungfrau bin", bestätigte Rodolfo.

„Wie die Jungfrau Dreyfus", sagte er, schloss die Augen und küsste ihn augenblicklich.

Rodolfo schwieg für einige Zeit.

„Und war sie hübsch?" fragte er schüchtern.

„Nicht hübscher als du", antwortete Jean-Luc und streichelte sanft sein Haar.

In dieser Nacht blieben sie in der Höhle. Sie lagen sich in den Armen, um sich zu wärmen, als sie an diesem letzten Tag das Morgengrauen fand.

Die erste Nacht

Doña Eugenia war fast sechs Monate am Stück krank gewesen. Die Ärzte der Stadt stellten nie eine endgültige Diagnose und beschränkten sich nur darauf, sie wegen der starken Kopfschmerzen, die sie ständig plagten, mit Aspirin zu behandeln. Von der Krankheit niedergeschlagen, die sie daran hinderte, sich zu bewegen und manchmal sogar Worte herauszubringen oder klar zu denken, war sie in der Obhut von Celia, ihrer ältesten Tochter, an ihr Bett gefesselt. Die Rosales feuerten sie nicht oder baten sie auch nicht, ihr Haus zu räumen – sei es aus Mitleid, sei es aus Dankbarkeit. Sie halfen ihr so gut sie konnten und kauften ihr sogar Medikamente. Celia, die sich kürzlich von ihrem Mann getrennt hatte, arbeitete morgens als Lehrerin an der letzten kleinen Schule in San Pedro, wo sie jeden Tag zu Fuß hin und zurück ging. Mit dem Geld, das sie verdiente, unterstützte sie ihre Mutter, Rodolfo, ihren jüngeren Bruder und Ihre kleine kaum sechs Monate alte Tochter. Sie erzählte nie, warum sie sich wirklich getrennt hatte, aber es ging das Gerücht um, dass sie ihren Mann wegen der ständigen Misshandlungen verlassen hatte, denen sie ausgesetzt war.

Rodolfo litt sehr, als seine Mutter krank wurde. Nicht wegen der Krankheit, sondern wegen der Hilflosigkeit, nichts für sie tun zu können. Er verbrachte die Nächte an ihrer Seite und erzählte ihr, was ihm an diesem Tag passiert war, in der Schule, mit seinen Klassenkameraden. Aber er bekam keine Antwort. Doña Eugenia sah ihn gequält an, als wolle sie ihm etwas sagen, das sie nicht aussprechen konnte. Er konnte sich nicht auf die Schule konzentrieren, wurde leicht depressiv und nach und nach wurde er noch abwesender. Seine inneren Konflikte, die angeschlagene Gesundheit seiner Mutter und seine Wachstumsphase waren für ihn Grund genug, traurig zu sein. Nachmittags ging er ziellos spazieren, aber das Lächeln, das ihm als Kind so spontan auf die Lippen kam, war ihm schon lange abhandengekommen.

Als er Jean-Luc kennenlernte, hatte seine Welt wieder Farben bekommen. Er holte ihn aus der Monotonie und Traurigkeit heraus, in der er sich befand. Durch ihn konnte er seinen Problemen entfliehen und über seine Zukunft nachdenken. Dank ihm beschloss er, zu üben und sich auf das Leben vorzubereiten. Er fand den Mut, als Frau aufzutreten und mit dem Aufbau seiner oder ihrer Identität zu beginnen. Die Romanze, die sie zusammen erlebten, beinahe idyllisch, aber auch fast unmöglich, war der Auslöser, der ihr beider Leben für immer veränderte. Vor allem Rodolfos, der nach Jean-Luc nie mehr derselbe sein würde.

Celia hingegen war zufrieden, fast glücklich, ein neues Leben zu beginnen, weit weg von ihrem Mann, neben ihrer Mutter und ihrer kleinen Tochter. Nach dem ersten Schlag traf sie die Entscheidung, ihren Mann zu verlassen. „Wenn du ihm verzeihst, wird er dich weiter schlagen", warnte sie ihre Mutter. Celia bezweifelte das nicht. Sie rannte um Mitternacht aus ihrem Haus in Villa Fatima in La Paz davon, während der Vater ihrer Tochter den Rausch ausschlief. Ohne Erklärung kam sie in Sorata an, aber Doña Eugenia wusste, was passiert war. Sie hatte ihre Tochter gut erzogen. Deshalb war sie stolz und glücklich, sie an ihrer Seite zu haben. Als sie es ihr sagen wollte, wurde sie krank, Opfer dieser seltsamen Kopfschmerzen. Nur mit ihren Augen konnte sie ihrer Tochter sagen, dass sie froh war, dass sie sich selbst als Frau Respekt geschenkt hatte.

Rodolfo begann sich von ihr zu distanzieren, weil er, abgesehen davon, dass er sich nutzlos fühlte, verstand, dass seine Schwester mehr für ihre Mutter tun konnte als er. Bei Jean-Luc vergaß er zumindest für eine Weile alles Schlimme, was ihm widerfahren war, und konzentrierte sich auf sich selbst, egal ob das egoistisch schien oder nicht. Als er Jean-Luc kennenlernte, wurde Rodolfo immer selbstsicherer. Seine innere Unruhe ließ erheblich nach und er lachte sogar wieder wie früher.

Celia hatte Gerüchte über ihren Bruder gehört. Ein paar Kommentare brachten ihn auffällig verschlungen mit „dem schlaksigen Gringo" in Verbindung, mit dem sie ihn manchmal auf dem zentralen Platz hatte sprechen sehen. Am Anfang war es ihr egal, aber an manchen Abenden ließ sie ihrer Fantasie freien Lauf und wurde traurig. Sie war etwas enttäuscht, aber vor allem verwirrt.

Nachdem sie einige Wochen darüber nachgedacht hatte, beschloss sie, ihrem Bruder nachzugehen. Er ging immer allein, er lief in den Bergen herum und kam spät in der Nacht zurück. Sie hatte alles so vorbereitet, dass es ihrer Mutter gut ging und lief in sicherem Abstand hinter Rodolfo her. Sie fand ihn und musste mehrmals hinsehen, um sicher zu sein, dass er tatsächlich mit diesem Fremden zusammen war. Von einem der Seitenhügel aus sah sie sie mehrmals zusammen spazieren gehen. Sie redeten, sie schienen zu lachen, aber mehr nicht. Sie hatte etwas anderes erwartet.

Wütend auf sich selbst, weil sie ihrem kleinen Bruder misstraute und schlecht von ihm dachte, beschloss sie, dieses Nachstellen aufzugeben und sich der Pflege ihrer Mutter und Tochter zu widmen. Sie sprach das Thema nie wieder an oder sagte je etwas zu Rodolfo. Nicht einmal, als ihre Mutter in einer verregneten und kalten Nacht unerwartet starb. Die beiden begruben sie gemeinsam, aber sie weinten einzeln. Es verband sie die Liebe zu der, die bereits tot war. Sie wurden durch die Realität getrennt, in der sie zusammenleben mussten.

Jean-Luc erhielt unerwartet einen Brief aus Paris. Sein Vater war krank und konnte jeden Moment sterben. Er musste zurück. Er traf die Entscheidung sofort, ohne es Rodolfo zu sagen. Er packte seine Koffer und machte sich auf die Suche nach einem Transportmittel. Sie trafen sich auf dem zentralen Platz. Rodolfo sah sein Gesicht und die Vorahnung wurde bestätigt, die er seit letzter Nacht hatte. Er sagte nichts und ging mit ihm, aber er ließ ihn nicht allein fahren und stieg auch in den Bus ein. Zu diesem Zeitpunkt waren alle Worte überflüssig, denn ihre Beziehung hatte sich über Gesten und Blicke in gemeinsam erlebte Gefühle verwandelt. Sie sagten nichts, bis sie den Flughafen von El Alto erreichten. Der Abschied stand kurz bevor, und obwohl beide vorbereitet waren, würde diese Trennung sie beeinträchtigen.

„Nur bis hier hin kommen wir noch", sagte Jean-Luc, bevor er ins Flugzeug stieg.

„Ich würde gerne mitkommen", antwortete Rodolfo.

„Selbst wenn du könntest und selbst wenn ich könnte, es kann nicht sein", antwortete er.

„Du wirst nicht zurückkommen, oder?", fragte Rodolfo mit gesenktem Kopf.

„Du auch nicht", versicherte ihm Jean-Luc mit seinem schiefen und verschmitzten Lächeln.

Sie schüttelten sich die Hände und beide gingen in entgegengesetzte Richtungen. Kleine Tränen begannen ihre Augen zu überfluten, Augen, die sich nie wieder treffen würden.

Rodolfo blieb vor dem Flughafen stehen. Er hörte das Flugzeug starten und weinte so heftig, so übertrieben, dass einige Passanten Angst bekamen und ihm helfen wollten. Aber Rodolfo lehnte ab und wollte nur allein sein. Als die Nacht hereinbrach, jene erste Nacht, in der er sich endlich aus tiefstem Herzen entschließen würde, sich als Frau zu akzeptieren, ging sie hinaus auf die Allee. Sie hielt ein Taxi an und stieg ein. Das Fahrzeug fuhr einige schlecht beleuchtete Straßen hinunter und versuchte, den Stau auf der Hauptstraße zu umfahren.

„Wohin bringe ich Sie, der Herr?" fragte der junge Taxifahrer höflich.

„Zum Friedhof, und nenn mich nicht Herr, ich bin eine Frau", erwiderte Rodolfo wütend.

„Frau? Aber Sie sehen aus wie ein junger Mann", antwortete der Fahrer.

„Glaube nicht alles, was du siehst. Ich bin eine Frau."

„Ach ja? Und wie ist Ihr Name, ‚Fräulein‘?"

„Madonna."

„Wie die Sängerin?"

„Nein, wie die Jungfrau."

ANHANG I

LGBTIQ-Vielfalt in indigenen Völkern Boliviens

Die Untersuchung

Die in dieser Veröffentlichung enthaltenen Daten und Chroniken stammen aus dem Forschungsprojekt „HOMOSEXUELLE INDIGENE. Eine Annäherung an das Weltbild der sexuellen Vielfalt von sieben indigenen Völkern des plurinationalen Staates Bolivien (Moxeño, Afrobolivianer, Quechua, Ayoreo, Guarani, Tacana und Aymara."[64]

Diese Untersuchung wurde durch den Erfolg des Buches *Ser gay en tiempos de Evo* (AYNI, 2010) ermöglicht.[65] In letzterem wird die Geschichte, Realität und Situation der sexuellen und geschlechtsspezifischen Vielfalt, die Fortschritte und Rückschläge beim Kampf um die Bürgerrechte für das LGBTIQ-Kollektiv in Bolivien von den 1980er Jahren bis zur Verfassungsgebenden Versammlung von 2009 darstellt, welche das Land in einen Plurinationalen Staat transformierten.

Zwischen 2012 und 2013 reiste Edson Hurtado für sechs Monate durch mehr als ein Dutzend indigener Orte. Er legte dabei Tausende von Kilometern durch die bolivianischen Lande zurück, um die Chroniken zu entdecken, die in diesem Buch beschrieben werden. Er führte auch

---

[64] „INDÍGENAS HOMOSEXUALES. Un acercamiento a la cosmovisión sobre diversidades sexuales de siete pueblos originarios del Estado Plurinacional de Bolivia (Moxeños, Afrobolivianos, Quechuas, Ayoreos, Guaraníes, Tacanas y Aymaras)."
[65] Die deutsche Übersetzung von Swintha Danielsen und Elif Yücel erschien 2016 bei edition assemblage.

mehr als 50 Interviews und etwa 300 Umfragen durch, die ihm halfen, die Eigenheiten, kulturellen Praktiken und Weltanschauungen in Bezug auf sexuelle Vielfalt und Geschlechtsidentitäten bei den Moxeño, den Afrobolivianern, Quechua, Ayoreo, Guarani, Tacana und Aymara dieses Plurinationalen Staates Bolivien zu verstehen.

Auf dieser spektakulären Reise kam Hurtado auf verschiedenen unbefestigten Straßen durchs Andenhochland, besuchte die Täler von La Paz, die Minen von Potosi und die Sandbänke des nördlichen Chaco. Er befuhr die Moxos-Flüsse und lief durch den Amazonas-Dschungel des Beni und Pandos, um die Protagonisten zu porträtieren und etwas über den Ort zu erfahren, an dem sie lebten. Oder starben. Oder verschwanden. Er sprach mit ihren Verwandten, mit der Bevölkerung vor Ort, mit den örtlichen Behörden und tauchte tief in jede der Geschichten ein, die zusätzlich auch historische Daten zusammentragen, die dem Leser helfen können, den Kontext zu verstehen, in dem sie stattfanden.

Das Forschungsprojekt wurde von *CONEXIÓN – Fondo de Emancipación* und dem Kollektiv *Rebeldía* finanziert.

Vorgeschichte

Der republikanische Staat Bolivien hat in seiner Geschichte nie die sexuelle Vielfalt berücksichtigt und sich auch keine Gedanken über die Schaffung nationaler Gerechtigkeitsrichtlinien gemacht. Die sexuelle Vielfalt von LGBTIQ wurde schon immer von der Gesellschaft ausgeschlossen und an den Rand gedrängt und fast vollständig auf Geheimhaltung beschränkt. Aber die Arbeit vieler Organisationen zur Verteidigung der Menschenrechte und Bürgerrechte des LGBTIQ-

Kollektivs (Schwule, Lesben, Bisexuelle, Transvestiten, Transgender, Transsexuelle, Intersexuelle und Queers) hat es geschafft, wichtige Schritte auf dem Weg der Rechtfertigung und Einbeziehung sexueller Vielfalt zu machen. So beinhaltet die im Januar 2009 vom bolivianischen Volk angenommene Neue Politische Verfassung des Staates beispielsweise die Kriminalisierung von Diskriminierung aufgrund der sexuellen Orientierung und Geschlechtsidentität (Art. 14, Abs. II). Im Juli desselben Jahres wurde das Oberste Dekret Nr. 0189 verkündet, das den 28. Juni eines jeden Jahres zum „Tag der Rechte der Bevölkerung mit unterschiedlicher sexueller Orientierung in Bolivien" erklärte. Ähnlich auch das im Oktober 2010 erlassene Gesetz Nr. 045, genannt das „Gesetz gegen Rassismus und alle Formen der Diskriminierung", das bisher wichtigste Rechtsinstrument, das der bolivianische Staat in seinen Vorschriften zur Sanktionierung der Diskriminierung von Menschen aufgrund unterschiedlicher sexueller Orientierung und Geschlechtsidentität festlegte. Mehrere kommunale Verordnungen gegen Diskriminierung wurden auch in verschiedenen Gemeinden von Städten wie Sucre, La Paz, El Alto, Santa Cruz und anderen erlassen.

Jedoch wurden die Vorschriften, Gesetze und internationalen Abkommen, die das Land unterzeichnet hat, sowie die kommunalen Verordnungen nicht so sozialisiert oder angewendet, wie es das LGBTIQ-Kollektiv erwartet hatte. Und an Orten, an denen diese Gesetze nicht angekommen sind, sind die indigenen Gemeinden, wo Menschen mit unterschiedlicher sexueller Orientierung und Geschlechtsidentität weiterhin eingeschüchtert, diskriminiert, belästigt und durch althergebrachte homo-/lesbo-/transphobe Praktiken verletzt werden, die den Machismo offenbaren und das

Patriarchat der indigenen Völker, sowohl aus dem Hochland als auch aus dem Tiefland des Staatsgebiets.

Trotz Fortschritten bei Vorschriften zur Gleichstellung der Geschlechter wurden beispielsweise Mechanismen und Instrumente für die volle Ausübung der Rechte der LGBTIQ-Vielfalt nicht gefördert. In einer klassizistischen und kulturell machohaften Gesellschaft besteht kein Zweifel daran, dass Gewalt und das Verbot der Anerkennung der eigenen Sexualität bestehen, auch wenn sie nicht vollständig erkannt werden.

Zielsetzungen

Das Forschungsprojekt „HOMOSEXUELLE INDIGENE…" hatte das Ziel, die Weltbilder und kulturellen Praktiken von sieben indigenen Gruppen Boliviens zu analysieren im Hinblick auf das Thema kulturelle Praktiken und ihre Weltanschauung in Bezug auf sexuelle Vielfalt und Geschlechtsidentitäten, mit der Absicht, Vorschläge zu unterbreiten, die zur Schaffung öffentlicher Bildungspolitik und zur Achtung der Vielfalt von LGBTIQ beitragen.

Um dieses Ziel zu erreichen, wurden Zeugnisse und Lebensgeschichten von Menschen, die zu den untersuchten Indigenen gehören (mehr als ein Dutzend), mit unterschiedlicher sexueller Orientierung und Geschlechtsidentität analysiert, mit der Absicht, ihre Erfahrungen mit diverser Sexualität innerhalb ihrer Gesellschaft oder kulturellen Welt kennenzulernen. Einige dieser Personen waren schon gestorben oder verschwunden, was die Sammlung von Informationen und Daten weiter erschwerte und uns zwang, auf andere sekundäre Quellen wie Familienmitglieder, Freunde, Behörden oder Gemeindemitglieder zurückzugreifen, die die Fakten kannten. Interviews wurden in fast allen besuchten Gemeinden durchgeführt, außer in denen, in denen die Protagonisten oder Zeugen keine Aufzeichnungen erlaubten. Eines der Ziele war es, die Kosmovisionen zu LGBTIQ-Diversitäten der untersuchten indigenen Völker als Kontext für die gefundenen Lebensgeschichten zu beschreiben.

Ein weiteres Ziel der Forschung war es, die unterschiedlichen Arten von Bestrafungen, abwertenden Ansprachen und Arten der Ausgrenzung sowie die kulturellen Einflussfaktoren zu quantifizieren, denen Indigene aufgrund ihrer sexuellen Identität innerhalb ihrer Gemeinschaften ausgesetzt sind.

Methodik

Zur Durchführung der Recherche und Datenerhebung wurden Interviews mit den Gemeindemitgliedern, den indigenen Behörden und den Protagonisten der Geschichten sowie deren Verwandten, Freunden und Nachbarn geführt.

Es schien uns, dass die Teilnahme an einem aufrichtigen Dialog im Rahmen der Achtung ihrer Traditionen und Bräuche der beste Weg ist, um die Antworten zu finden, nach denen wir suchen. Auf diese Weise wurden Treffen arrangiert, zunächst mit aktiven Institutionen wie dem Kollektiv *Rebeldía*, das in einigen der zu besuchenden Gemeinden tätig war. Dann wurden Treffen mit lokalen Behörden abgehalten, und in einigen Fällen wurden sie um Erlaubnis gebeten, die Gemeinden zu betreten, um Interviews und Umfragen durchzuführen.

Ein vorherrschender Faktor dieser früheren Treffen war, dass sie den ethischen Rahmen und den Umfang definierten, den die Forschung während ihres Verlaufs einhalten würde. Im bolivianischen Chaco zum Beispiel unterzeichneten die Führer der APG (Volksversammlung der Guaraní)[66] ein Dokument, das die Forscher ermächtigte, ihre Arbeit auszuführen. An anderen Orten, wie im bolivianischen Amazonasgebiet (Beni, Pando), beschlossen die Kaziken Und Kapitäne, ihre Genehmigung nur mündlich zu erteilen. Die Vorsteher, Führungskräfte, Sekretär*innen waren dafür verantwortlich, Verbindungen zu den Gemeinden und Gemeindemitgliedern herzustellen.

Sobald die Verbindungen geknüpft und die Beziehungen zu den Vorstehern und Behörden der Gemeinden hergestellt waren, wurden Interviews (mehr als 50 insgesamt) und Umfragen (300 insgesamt) in verschiedenen Bereichen jeder besuchten Gemeinde (Plätze, Märkte, Jahrmärkte usw.) durchgeführt. Besonders schwierig war die Einführung in das Thema, vor allem in Gemeinden mit überwiegend männlicher politischer Elite, da viele soziale Beziehungen der indigenen Völker Boliviens von einem Macho- und Patriarchalcharakter geprägt sind. In persönlichen Interviews konnten sich die Gemeindemitglieder jedoch mit weniger Angst oder Scham äußern, als wenn sie dies in einer Gruppe getan hätten. Im Gespräch mit den Frauen war die Behandlung des Themas etwas entspannter,

---

[66] Asamblea del Pueblo Guaraní

aber die Antworten waren immer noch kurz, mit einigen ziemlich langen Pausen. Schließlich konnten die Interviews und Umfragen durchgeführt werden, die es später ermöglichten, die als Ergebnis der Untersuchung veröffentlichten Chroniken in einen Kontext zu stellen.

Feldforschung

Die Forschung analysierte objektiv und identifizierte die Elemente und Faktoren, die es ermöglichten, uns der indigenen Realität der LGBTIQ-Diversität zu nähern. Aus der kritischen und verantwortungsvollen Perspektive des investigativen Journalismus wurden die unterschiedlichen Weltanschauungen der Indigenen in Bezug auf sexuelle und geschlechtliche Vielfalt untersucht.

Von den 36 indigenen Völkern, die von der CPE (Politischen Verfassung des Staates)[67] Boliviens anerkannt wurden, wurden sieben ausgewählt, um das riesige bolivianische Territorium und seine verschiedenen Regionen abzudecken.

Es fand eine Kartierung statt durch die vier Himmelsrichtungen Boliviens in verschiedenen geografischen Gebieten mit unterschiedlichen Klimazonen und besonderen Organisationsformen. Ein Dutzend Bevölkerungsgruppen wurden ausgewählt, aber aufgrund des begrenzten Zugangs zu Informationen, den Spuren der Geschichten von LGBTIQ-Indigenen und den Möglichkeiten, in Dialoge mit lokalen Behörden und Einwohnern zu treten, wurde die Anzahl der Gemeinschaften auf sieben reduziert:

---

[67] Constitución Política del Estado

Indigene Gruppe	Gemeinde/ Ort	Department
Moxeño	San Ignacio de Moxos	Beni
Afrobolivianier	Coroico	La Paz
Quechua	Tupiza	Potosi
Ayoreo	Porvenir	Santa Cruz
Guarani	Itanambikua	Santa Cruz
Tacana	Puerto Rico	Pando
Aymara	Sorata	La Paz

BOLIVIEN

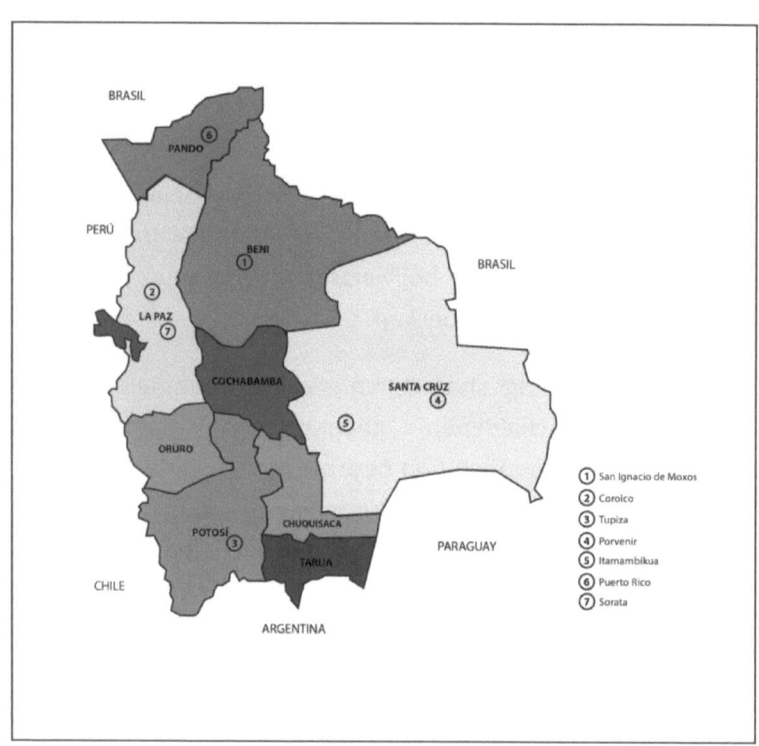

San Ignacio de Moxos

Die erste besuchte Gemeinde war San Ignacio de Moxos im Department Beni im Herzen des bolivianischen Amazonien. Die Geschichte einer indigenen Trans-Frau bei den Moxeño definierte den Ort, an dem die Reise beginnen würde. Die Protagonistin der Geschichte war verschwunden, nachdem sie innerhalb der Familie ihre Geschlechtsidentität öffentlich gemacht hatte. Es war schwierig, Zeugenaussagen von Verwandten zu finden, weil das Tabu, das das Thema impliziert, es ihnen nicht erlaubte, direkt darüber zu sprechen. Eine Cousine nahm jedoch Kontakt mit uns auf und erzählte die ganze Geschichte. Ihre dramatische Zeugenaussage deutete auf einiges aus der Kosmovision der indigenen Gemeinschaft, ihr Weltbild, die Art und Weise, Mythen und Legenden zu erschaffen, und den Umgang der indigenen Bevölkerung mit der LGBTIQ-Vielfalt in diesem Gebiet.

Coroico

Alejandro ist der Protagonist der Chronik, die in Coroico spielt, einer der Städte, in denen die meisten Afro-Nachkommen in Bolivien leben. Bis heute ist er der einzige Afrobolivianer, der sich öffentlich zu seiner schwulen sexuellen Orientierung bekannt hat. Es sei ihm sehr schwergefallen, sagt er in der Chronik, da auch Afro-Nachkommen eine lange soziale Tradition haben, die von Machismo, Patriarchat und stark in ihrer Gesellschaft verankerten Geschlechterrollen geprägt ist. Trotz allem entschied er sich, seine Umstände anzunehmen, und heute ist er ein bekannter Aktivist für LGBTIQ-Rechte im Land.

Tupiza

Diese Stadt, in der einst Hunderte von Bergleuten lebten, war Zeuge einer Liebesgeschichte zwischen zweien von ihnen. Ihre Geschichte spielte sich in einem Sommer ab, in dem sie sich in den Tiefen der Mine trafen und ihre verbotene Liebe für immer besiegelten. Besonders schwierig war es, mit den Bergleuten über das Thema LGBTIQ-Diversität zu sprechen, da ihre Eigenheiten und ihre natürliche Schüchternheit und ihr Misstrauen den Datenerhebungsprozess und die Durchführung der Interviews behinderten. Auf einer der Reisen zu einer Gemeinde in der Nähe einer Mine weigerte sich ein Anführer (Jilakata) rundweg, darüber zu sprechen, warf den Forscher raus und drohte mit Gewalt. Von allen Untersuchungen war dies zweifellos der komplizierteste und riskanteste Fall.

Porvenir

In Porvenir lebt eine lesbische Ayoreo-Frau, die uns ihre Geschichte erzählt hat. Sehr jung verliebte sie sich in eine andere Frau und sie hatten viele Jahre lang eine geheime Affäre. Im Laufe der Zeit wurde die eine von ihrer Familie zu einer arrangierten Ehe gezwungen, die andere wandte sich der Prostitution zu. Einige Zeit später trafen sie sich zufällig wieder und sie spürten der Liebe nach, die sie das erste Mal verbunden hatte. Ihre Geschichte zeigt das zarte und sehr menschliche Gesicht der Beziehungen indigener LGBTIQ-Personen in ihren Gemeinschaften.

Itanambikua

Die Geschichte, die uns in den bolivianischen Chaco führte, war die von zwei jungen Guarani, die aus ihrer Gemeinde Itanambikua vertrieben wurden, nachdem ihre homosexuelle Beziehung entdeckt worden war. Nachdem sie in einer indigenen Versammlung verurteilt worden waren, entschieden die Autoritäten, dass sie nicht länger bei ihnen leben könnten, da ihre Handlungen sie in Verlegenheit brachten und den guten Sitten ihrer Gesellschaft schadeten. Die Guarani haben eine uralte Kriegertradition und haben lange Zeit in bewaffneten Konflikten gelebt, zuerst mit anderen ethnischen Gruppen und dann mit den spanischen Eroberern. Die beiden Jungen flohen und ließen sich in einer kleinen Stadt nieder, in der sie bis heute zusammenleben, im Schatten der Schande, die ihre Vertreibung und die anschließende Flucht verursacht haben.

Puerto Rico

In den nördlichen Städten konnte keine Geschichte gefunden werden, die stark genug und bewegend genug war, um eine vollständige Chronik zu erstellen. Die Zeugenaussagen und Daten, die bei den Besuchen und Interviews bei den indigenen Organisationen des Pando-Departments gesammelt wurden, dienten dazu, die Erfahrungen der LGBTIQ-Indigenen in der Region und ihre Einstellungen zum Thema, die Behandlung, die sie erfahren, und den Einfluss anderer Kulturen über die Grenzen des Landes hinaus in einen Kontext zu setzen. Einer der Anführer versicherte: „Wir werden alle Schwulen in der Stadt verbrennen", aber später nahm er das zurück und sagte, dass sie sie ‚nur' vertreiben würden. Diese Chronik steht im Zusammenhang mit den zahlreichen HIV-Fällen, die in den letzten Jahren in der Region registriert wurden.

Sorata

Der Ort liegt in einem wunderschönen Tal am Fuße des Berges Illampu, im Norden des Departments La Paz, und hat eine mehrheitliche Aymara-Bevölkerung. In dieser Stadt lebte eine indigene Trans-Frau, die Madonna, die aus ihrer Gemeinde in die Stadt El Alto auswanderte, wo sie sich einer Gruppe von Sexarbeiterinnen anschloss und begann, ihren Körper zu verkaufen. Ihre Geschichte steht ganz im Zusammenhang mit der schrecklichen Situation von Prostitution und Menschenhandel, von der viele Frauen in dieser Stadt betroffen sind. Befragt wurden die Frauen ihrer Gruppe und ihre Schwester, die die Kindheit und Jugend der Madonna erzählten.

Ergebnisse

300 Umfragen und mehr als 50 Interviews wurden in den sieben im Rahmen dieser Forschungsarbeit ausgewählten Gemeinden durchgeführt. Jede Umfrage enthielt neun Fragen, und zwar geschlossene und Multiple-Choice-Fragen, die sich darauf konzentrierten, die Wahrnehmung der Einwohner dieser Gemeinschaften in Bezug auf LGBTIQ-Themen herauszufinden.

Die Ergebnisse der Befragungen zeigen unmittelbar die unterschiedlichen Formen und Wege des Umgangs mit sexueller und geschlechtlicher Vielfalt dieser indigenen Gemeinschaften. Obwohl die Ergebnisse nicht schlüssig sind oder nicht feststellen, dass alle indigenen Völker des Landes auf diese Realitäten reagieren, ist es möglich, einen allgemeinen Überblick über die aktuelle und tatsächliche Situation der indigenen LGBTIQ-Personen in ihren Gemeinschaften zu erhalten.

Die Befragungen wurden auf Märkten, Plätzen, Jahrmärkten, in Parks, Privathaushalten und Institutionen durchgeführt, die sich mit sozialen und geschlechtsspezifischen Fragen in den Gemeinden befassten. Sie wurden individuell ausgefüllt, da in vielen Fällen die LGBTIQ- und Menschenrechtsterminologie jedem der Befragten erklärt werden musste.

Ebenso wurden die Interviews persönlich geführt, außer in einigen Gemeinden (Guarani und Tacana), wo sich die Menschen aus Zeitmangel in Gruppen trafen, da sie angaben, dass sie ihren persönlichen Verpflichtungen nachkommen müssten. Um die für die Untersuchung erforderlichen Antworten zu finden, verlief der Dialog mit den Mitgliedern der indigenen Gemeinschaft ruhig mit leichten Momenten der Intensität, eigentlich jedoch mit völliger Normalität. Hervorzuheben ist die Geduld und Bereitschaft der Befragten, die sich bereit erklärten, sowohl die Fragebögen als auch die Interviewfragen zu beantworten.

Ein Teil der Feldforschung war auch das Ergebnis einer Voruntersuchung, bei der eine kleine Bibliografie zu diesem Thema und zu den Traditionen und Bräuchen der indigenen Gruppen, die in den besuchten Gemeinden leben, zusammengestellt wurde.

Die Ergebnisse der Umfragen spiegeln sich auf den folgenden Seiten wider, ebenso wie die Höhepunkte einiger der durchgeführten Interviews.

„Ich kenne welche, ... aber ich weiß nicht genau"

Auf die Frage, ob sie LGBTIQ-Mitglieder in ihrer Gemeinschaft kennen, stimmte die Mehrheit zu (55%), dass sie welche kennen, sie aber nicht persönlich kennen oder dass diese Tatsache auf Klatsch oder böswilligen Kommentaren beruht – „Sie sagen, dass der und der eine Schwuchtel ist" oder „die kleine Schlampe hat sich mit ihrer Nachbarin eingelassen"–, waren die häufigsten Antworten. Ebenso gaben 44% an, dass sie von der Existenz von LGBTIQ-Leuten in ihrer Gemeinde nichts wussten, wohl aber in anderen. Einige von ihnen erwähnten nach Durchführung der Umfragen, dass es in anderen Gemeinden welche gab ‚von denen', das fast immer mit abfälligen und anklagenden Äußerungen.

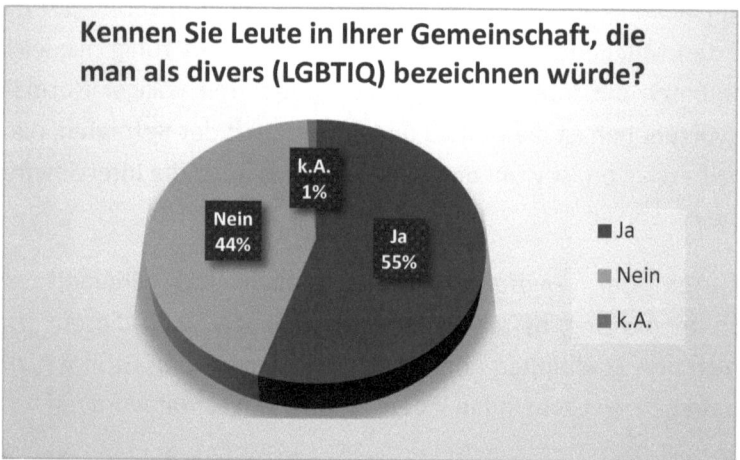

Kennen Sie Leute in Ihrer Gemeinschaft, die man als divers (LGBTIQ) bezeichnen würde?

k.A. 1%

Nein 44%

Ja 55%

■ Ja
■ Nein
■ k.A.

Offenbar wird die Existenz von LGBTIQ-Personen in der indigenen Welt akzeptiert, solange sie nichts mit der eigenen Gemeinschaft zu tun hat. Es ist ein Weg, sie loszuwerden. Sie erkennen ihre Existenz an, entfernen sie aber gleichzeitig aus ihrem Alltag, aus ihren gemeinsamen sozialen Räumen. In Coroico sagte eine ältere Frau: „Es gibt keine schwarzen Schwulen. Zumindest habe ich noch nie davon gehört." Der Machismo ist, wie mehrfach erwähnt, eine der in indigenen Kulturen verwurzelten Haltungen, die immer dazu neigen, ihr Weltbild von einer patriarchalischen Position mit jahrhundertealten Geschlechterrollen aus zu fokussieren und sich nicht ändern zu wollen.[68]

Mit diesen Antworten wird deutlich, dass die Räume für die Sichtbarkeit von sexueller und geschlechtlicher Vielfalt winzig oder in einigen Fällen nicht existent sind. Mit anderen Worten, indigene LGBTIQ-Personen können ihre sexuelle Orientierung oder Geschlechtsidentität in ihren Gemeinschaften nicht offen leben. Dazu müssen sie dann an einen anderen Ort migrieren.

„Das Problem sind die anderen"

Auf die Frage, ob sie von der Existenz von LGBTIQ-Personen in anderen Gemeinschaften wüssten, antworteten die meisten mit Ja und gaben sogar einige Details an. Obwohl einige die Terminologie nicht vollständig verstanden, benutzten sie ihre eigenen Wörter, um sie zu benennen. 41% gaben an, Homosexuelle in anderen Gemeinden zu kennen, und 17% sogar, „einige" Lesben zu kennen, die in anderen Städten weit entfernt von ihrer eigenen lebten. 11% sagten, nachdem sie den Begriff verstanden hatten, dass sie Transvestiten kannten, und

---

[68] Anmerkung SD: Hier wird etwas vereinfacht, denn viele Gruppen hatten auch andere Modelle, sind jedoch im Zuge der Kolonialisierung homogenisiert worden.

11%, dass sie Bisexuelle kannten. Nur 3% gaben an, von der Existenz von Transsexuellen in anderen Gemeinschaften zu wissen.

In Cobija (der Hauptstadt des Departments Pando im Norden des Landes) erklärte einer der Anführer der Cavineños, dass die Homosexuellen, die er kenne, diejenigen seien, die vom gegenüberliegenden Ufer des Flusses, aus Brasilien, stammten. Er bestand darauf, dass sie diejenigen waren, die ,es' in ihre Gemeinden brachten, und dass sie später in gewisser Weise die Bewohner der Gemeinden ,infizierten' und sie zu Homosexuellen ,machten'. Die Grenzgebiete Nordboliviens weisen einen intensiven Migrantenstrom zwischen Bolivien und Brasilien auf. Menschen überqueren die Grenze von einer Seite zur anderen auf der Suche nach besseren Lebensbedingungen. Manche Bolivianer wollen in Brasilien eine bessere Gesundheitsversorgung finden, manche Brasilianer kommen als Schmuggler ins Land.

Eines der Probleme, die in den Interviews angesprochen wurden, waren die vielen HIV-Fälle, die in den letzten Jahren aufgetreten sind. Die meisten wussten nichts von der Krankheit, kannten weder ihre Ursachen noch ihre Folgen, aber sie spürten, dass sie ihrer Gemeinschaft nicht guttaten. Mehrere Gemeindemitglieder berichteten, dass einige mutmaßliche Indigene aus ihren Gemeinden vertrieben wurden, weil die Krankheit nicht diagnostiziert und nicht geheilt werden konnte. Ihren Angaben zufolge befanden sich in den indigenen Gemeinschaften von Pando mehrere Dutzend Menschen unter diesen Umständen.

Respekt

Damit es geland, die Ergebnisse der Untersuchung zu bekommen, war es sehr wichtig, zu wissen, wie der Umgang der Gemeindemitglieder mit den zu den LGBTIQ gehörenden Indigenen war. Einige indigene Autoritäten weigerten sich, zu diesem Thema zu sprechen, aber andere, insbesondere die Frauen, waren eher bereit, Fragen zu beantworten. Zum Thema Respekt, also der Akzeptanz und Wertschätzung von LGBTIQ-Personen, gab die Mehrheit (78%) an, dass sie nicht respektiert würden, gerade weil sie lesbisch, schwul oder trans seien. Nur 22% gaben an, zumindest auf persönlicher Ebene die sexuelle Orientierung und Geschlechtsidentität indigener LGBTIQ-Personen zu respektieren.

Innerhalb indigener Gemeinschaften ist Respekt eines der wichtigsten Attribute für ihren sozialen Zusammenhalt. Ältere Männer werden am meisten respektiert, während ältere Frauen von der gesamten Gemeinschaft versorgt werden. Es ist wichtig anzumerken, dass der Respekt den Menschen politische Entscheidungsfähigkeit oder eine Stimme in Gemeindeversammlungen oder Räten, Landbesitzrechte, Teilnahme am Handel und der Gemeindewirtschaft usw. verleiht. Indigene LGBTIQ-Personen, die von der Gemeinschaft nicht respektiert werden, können ihre Rechte nicht wahrnehmen und leiden unter stiller, aber zerreißender Diskriminierung.

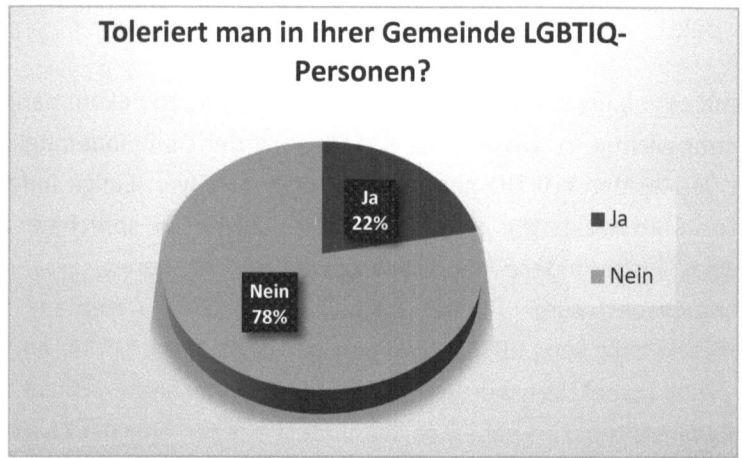

Auch deshalb bekennen sich LGBTIQ-Indigene nicht öffentlich zu ihrer sexuellen Orientierung oder Geschlechtsidentität, weil sie damit ihre sozialen Rechte innerhalb der Gemeinschaft verlieren würden. Dies würde sie daran hindern, sich aktiv an Entscheidungen zu beteiligen, oder sie würden ihr Land verlieren oder Opfer von Missbrauch und

Verachtung werden. Eine Situation, die viele dazu zwingt, ihre Identität zu verschleiern und zu verdrängen, um keine Aufmerksamkeit zu erregen oder Verdächtigungen zu erzeugen, die zu einem sozialen Lynchmord führen.

Verbrechen und Bestrafung

In indigenen Gemeinschaften hat die Bestrafung unterschiedliche Reichweiten und Bedingungen. Die Täter – also die, die durch ihre sexuelle Positionierung Regeln verletzen – werden im Allgemeinen mit Zwangsarbeit in der Gemeinschaft zum Wohle aller, wie z.b. beim Bau von Straßen, Stauseen, und seltener auch physisch bestraft. Es gibt jedenfalls immer eine Sanktion oder eine Warnung für diejenigen, die gegen die Gepflogenheiten, Bräuche und Traditionen der Gemeinschaft verstoßen. Vielleicht aus diesem Grund antworteten 64% der Befragten mit Ja auf die Frage, ob indigene LGBTIQ-Personen bestraft würden, während 34% mit Nein antworteten und dass ihnen kein Präzedenzfall für eine Bestrafung in dieser Angelegenheit bekannt sei.

In Camiri (Department Santa Cruz) erzählte eine Guarani-Anführerin, dass sie die Geschichte von zwei Männern gehört hatte, die ausgepeitscht wurden, nachdem sie bei sexuellen Beziehungen ertappt worden waren. Wenn dies zutrifft, ist es ein Präzedenzfall, der bestätigt, dass die Bestrafung von LGBTIQ-Personen bei Indigenen durch die Gemeinschaft existiert und zumindest im Tiefland angewendet wird. Einige Dorfeliten erklärten jedoch in Versammlungen vor dem Eintritt in die Dörfer, dass die Bestrafung niemals körperlich sei und dass die Gemeinschaft, wenn jemand eines Verbrechens für schuldig befunden wurde, ein Treffen mache und je nach Schwere des Vergehens bestrafen würde. Sie gaben nicht an, wie hoch die Strafe wäre, wenn sie sich als indigene LGBTIQ-Personen geoutet hätten oder entdeckt worden wären.

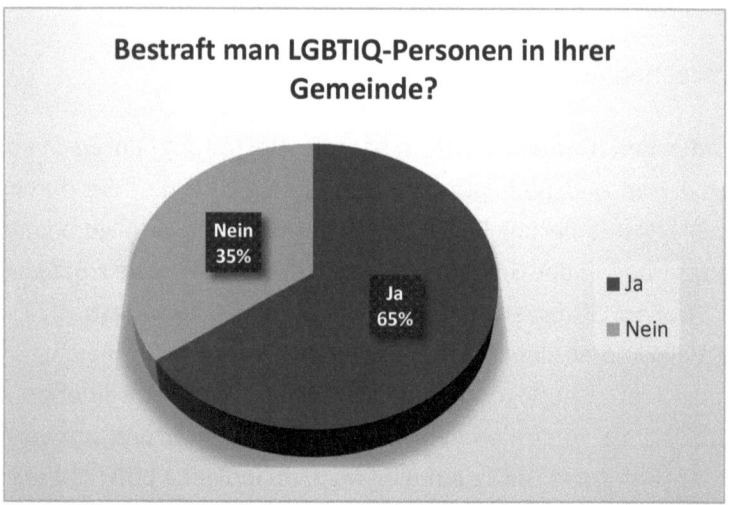

Während der Fahrten nach Camiri, dem Ausgangspunkt für die Guarani-Gemeinschaften, trafen wir Crystal, eine Transgender-Frau, die in den Gemeinden Lebensmittel verkaufte und eine ziemlich eigenartige Beziehung zu den Indigenen hatte. Sie erzählte uns, dass sie von ihnen nicht diskriminiert worden sei und im Gegenteil eine herzliche und respektvolle Beziehung pflegte, obwohl sie sich manchmal über sie lustig machten. Sie sagte auch, dass sie vor allem mit den Frauen eine freundschaftliche Beziehung hatte und dass sie sie wie eine Frau behandelten, obwohl in diesen Fällen die Tatsache, dass sie keine indigene Guarani ist, mehr wog als, dass sie eine Transfrau war.[69]

Sitten und Bräuche

Um mehr über die Strafen zu erfahren, die indigenen LGBTIQ-Personen in ihren Gemeinschaften auferlegt werden, wurde eine Liste mit Möglichkeiten erstellt, auf die die Befragten antworteten und sich einigten.

Einige von ihnen gaben im anschließenden Interview zu, dass sie sich dieser Strafen nicht bewusst waren, aber dass sie ihre Anwendung wünschen würden. 53% akzeptierten, dass indigene LGBTIQ-Personen verspottet und beleidigt werden, wenn sie von der Gesellschaft entdeckt werden, während 39% angaben, dass sie sie verachten, wenn sie von ihrer sexuellen Orientierung oder Geschlechtsidentität erfahren. 32% bestätigten, dass einige Bestrafungen körperlicher Art sind, wie Schläge und andere, aber dass sie kein Ereignis, an das sie sich erinnern, genau beschreiben könnten; während 29% angaben, dass sie wüssten, dass einige indigene LGBTIQ-Personen aus ihren Gemeinden vertrieben wurden. Nur 2% gaben an, dass Vergewaltigung als ‚Strafe' für das Verbrechen, LGBTIQ zu sein,

---

[69] Anmerkung SD: Eigentlich muss man noch feiner differenzieren. Im Fall von Crystal sind es zum einen die indigenen Aymara und Quechua, die sie auf dem Markt trifft und die selbst nicht ursprünglich aus Santa Cruz sind; zum anderen sind die Guarani die indigenen von Camiri, die dort zusammen mit migrierten Indigenen aus dem Tiefland und der mestizischen Gesellschaft leben. Die Behandlung von Crystal kann durchaus von den selbst migrierten Hochland-Indigenen toleranter sein als von den anderen.

eingesetzt wurde, obwohl sie sich an keinen besonderen Fall erinnern könnten.

Welche Strafen wurden Ihres Wissens nach gegen LGBTIQ-Personen angewandt in Ihrer Gemeinde?

- Gespött
- Verachtung
- Schläge
- Verstoßung
- Vergewaltigung

34%, 1%, 19%, 21%, 25%

Ein in Potosi befragter Bergarbeiter erzählte, dass einer seiner Kollegen, als er beim Flirten mit einem anderen Mann entdeckt wurde, von den anderen Kollegen vergewaltigt und zu Tode gefoltert wurde. Er nannte keine Namen oder Daten, versicherte aber, dass es sich in einer Mine in der Region ereignet habe. Obwohl diese Kommentare ziemlich häufig sind, waren die Befragten in fast keinem der Fälle in der Lage, Hinweise, Daten oder Namen zu liefern, um sie weiterzuverfolgen oder solide Beweise dafür zu finden, dass diese Ereignisse stattgefunden haben. Bei mehr als einem Fall handelte es sich wohl um Kommentare zu Legenden, Klatsch und Anekdoten, die sie zuvor gehört hatten.

Widersprüche und Sensibilität

Im Gegensatz zu den bisherigen Antworten zeigte die Mehrheit der Befragten Solidarität und sogar Mitgefühl in dem hypothetischen Fall, dass sie ein Mitglied ihrer Gemeinschaft kennenlernten, das den LGBTIQ angehörte. Auf die Frage, was sie tun würden, wenn sie jemanden treffen würden, sagten 33%, dass sie ihn/sie genauso behandeln würden und 25%, dass sie nichts tun würden, 20% sagten, dass sie aufhören würden, mit ihm/ihr zu reden und ihn/sie nicht einmal auf der Straße grüßen würden, und weitere 12%, dass es ihnen gleichgültig wäre. Und schließlich gaben 12% an, dass sie der Person raten würden, sich zu ändern, um in der Gemeinschaft akzeptiert zu werden.

Dieses Phänomen könnte durch Berufung auf familiäre Merkmale und die Existenz starker sozialer Clans erklärt werden, die die Struktur der meisten indigenen Gemeinschaften in Bolivien ausmachen. Diese Eigenschaften basieren auf Kameradschaft, Brüderlichkeit, Schutz der Mitglieder und der Gemeinschaft. Das heißt, wenn ein Gemeindemitglied im Ort krank wird, helfen ihm alle und nutzen individuelle Beteiligungsmechanismen nach ihren Möglichkeiten, um ihm/ihr aus der Situation zu helfen. Im Fall von indigenen LGBTIQ-Personen scheinen die Gemeindemitglieder zumindest bereit zu sein, keine Gewalt gegen sie auszuüben, da es sich vor allem um ein Mitglied ihrer Gemeinde handeln würde. Es ist ermutigend, wenn man die Ergebnisse analysiert, dass weniger als die Hälfte der Befragten bereit ist, andere Mechanismen der sozialen Ausgrenzung oder Gewalt anzuwenden.

Diese Ergebnisse zeigen uns aber auch, dass fast die Hälfte der befragten Gemeindemitglieder keine ablehnende Haltung gegenüber einem Mitglied ihrer Gemeinde als LGBTIQ haben würde, aber in Bezug auf die Ausübung von Rechten und die Erfüllung von Pflichten ist der Fall anders, wie wir unten sehen.

Allgemeine Informationen

Über Homosexualität oder sexuelle und geschlechtsspezifische Vielfalt in einer indigenen Gemeinschaft zu sprechen, kann sehr schwierig sein. Vorurteile, Fehler und Tabus hindern Gemeindemitglieder daran, sich ohne Scham oder Schuldgefühle auf diese Themen zu berufen. Die Information und Sozialisierung der gesetzlichen Regelungen zum Schutz der sexuellen und geschlechtlichen Vielfalt sind beispielsweise in fast keiner der im Rahmen dieser Untersuchung besuchten Gemeinden bekannt.

Bolivien ist ein Staat, der in den letzten Jahren große Fortschritte in Gesetzgebungsfragen zum Schutz der sexuellen und geschlechtlichen Vielfalt und anderer Minderheiten gemacht hat. Seit der Verabschiedung der CPE (Staatlichen Politischen Verfassung), herausgegeben von der Verfassungsgebenden Versammlung, die das Land im Jahr 2009 neu gründete, wurden Gesetze, Verordnungen und andere Vorschriften zur Verteidigung und zum Schutz von Minderheiten, insbesondere der sexuellen Vielfalt von LGBTIQ, geschaffen. Obwohl die Vorschriften in Kraft sind, wird ihre Anwendung in einigen Fällen eingeschränkt oder aufgehoben.

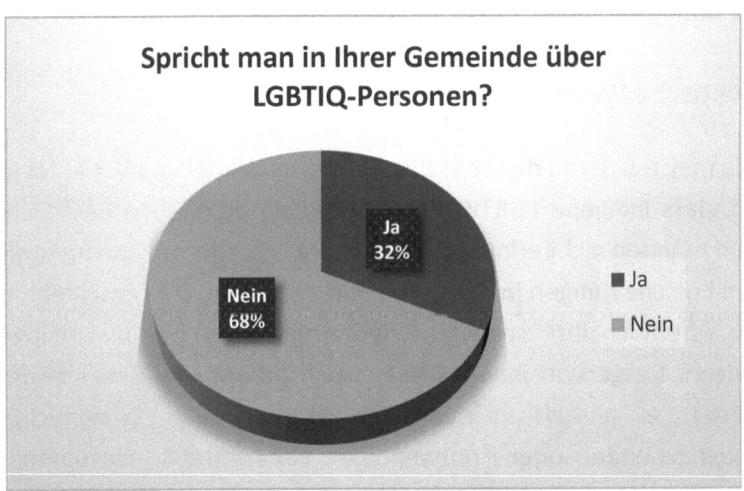

Spricht man in Ihrer Gemeinde über LGBTIQ-Personen?

Ja 32%

Nein 68%

■ Ja

■ Nein

75% der Befragten bestätigten hier, dass weder dieses Thema in ihrer Gemeinschaft diskutiert wird, noch über andere Themen wie Feminismus, politische Frauenrechte, Verhütungsmittel usw. Es kommt sehr häufig vor, dass die Rolle der Frauen in indigenen Gemeinschaften auf die Fortpflanzung und die Verantwortung für den Haushalt, die Kindererziehung usw. reduziert wird, wodurch ihnen ihr universelles Recht auf Teilnahme an politischen Entscheidungen verwehrt bleibt. Nur 25% gaben an, darüber zu sprechen, aber nur an sicheren Orten, wie ihrem Zuhause oder ihrer engsten sozialen Gruppe. In den besuchten Ayoreo-Gemeinden, die eine auf dem Matriarchat basierende Sozialstruktur haben – ganz anders als andere indigene Völker – erklärten einige Frauen, dass sie die freiwillige Verwendung von Verhütungsmitteln ablehnen, da es verpönt sei, dass sie ohne Zustimmung der Gemeinde verwendet werden.

Politische Rechte

Die meisten der in dieser Studie befragten Gemeindemitglieder gaben an, dass indigene LGBTIQ-Personen keine politischen Rechte haben und es ihnen nicht erlaubt ist, sich zu treffen oder sich zu organisieren, um Entscheidungen in der Gemeinde zu treffen. Dies geschieht, wenn sie öffentlich ihre sexuelle Orientierung oder Geschlechtsidentität zeigen. Einige von ihnen wiesen auch darauf hin, dass sowohl der Besitz von Land als auch von Vieh verboten seien, da sie nicht über „ausreichende oder notwendige Kapazitäten" verfügten, um Entscheidungen zu treffen und für deren ordnungsgemäße Nutzung zum persönlichen oder gemeinschaftlichen Nutzen verantwortlich zu sein.

60% sagten, sie dürften sich nicht treffen oder organisieren, während nur 40% sagten, sie dürften es. Unter denen, die antworteten, dass sie sich treffen dürften, gab es niemanden, der je von einer Versammlung, in der jemand sich öffentlich zum LGBTIQ bekannte, gehört hatte oder gar dabei war. „Ich habe noch nie eine ‚Schwuchtel' gesehen, die darum gebeten hat, in Versammlungen zu sprechen oder die Meinung zu sagen", sagte ein Moxeño-Anführer im Department Beni. Diejenigen, die mit Nein geantwortet haben, waren bei der Beantwortung restriktiver. Sie argumentierten, dass „diese Klasse" von Menschen „der Aufgabe der anderen nicht gewachsen" sei und dass sie nicht teilnehmen könnten, weil sie nicht als Frauen oder Männer eingestuft würden, sondern als eine Mischung, die alle verwirrte, und dass sie aus diesem Grund ihre Teilnahme und ihre Entscheidungen von der Gemeinschaft nicht akzeptiert werden könnten.

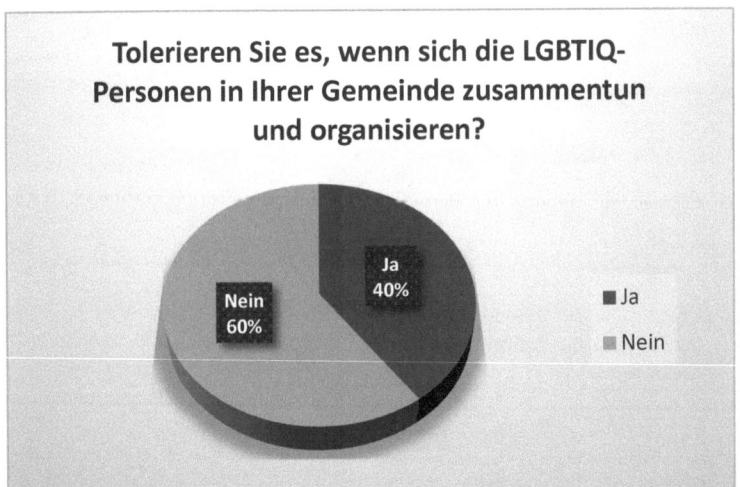

Die Ausübung politischer Rechte in Bolivien, einem Land mit starren und vertikalen Sozialstrukturen, macht es denjenigen, die nicht bestimmten Eliten oder bestimmten Familiengruppen oder Führungspersönlichkeiten angehören, fast unmöglich, ihre politischen Rechte auszuüben, da sie sofort ein Veto bekommen oder sie unsichtbar gemacht werden.

Der Wandel ist möglich

Wenn das LGBTIQ-Thema angesprochen wird und wir eine familiäre Nähe annehmen, dann scheinen sich alle Antworten auf die vorherigen Fragen zu den intimsten Positionen zu widersprechen. Mit anderen Worten, wenn es zum Beispiel um einen Verwandten geht, der der LGBTIQ-Diversität angehört, scheinen die radikalsten Positionen zu verschwinden.

Auf die Frage, was wäre, wenn es ein Familienmitglied beträfe, gaben 39% an, sie würden dafür sein, dass es in der Gemeinschaft bliebe und zu seinen/ihren Rechte käme. 28% sagten, sie würden ihn/sie überreden, das Verhalten zu ändern, um von der Familie und der Gemeinschaft akzeptiert zu werden. Und nur 25% gaben an, dass sie dafür wären, er/sie würde die Gemeinschaft verlassen, aber ohne Gewaltanwendung oder Einschüchterung.

Dies gibt uns einen Anhaltspunkt für den versöhnlichen und demokratischen Charakter, den die Mehrheit der indigenen Völker Boliviens hat. Die angestammte, starre, sexistische und patriarchalische Sozialstruktur verfügt über kleine Räume, in denen LGBTIQ-Diversität die Möglichkeit hat, akzeptiert oder zumindest nicht abgelehnt oder aus den Gemeinschaften ausgeschlossen zu werden. Was ein kleiner Vorteil ist, wenn man berücksichtigt, dass das Problem scheinbar der Mangel an Informationen, die Sozialisierung von Rechtsinstrumenten und das Bewusstsein für die Rechte ist, die LGBTIQ-Personen in der aktuellen gesetzlichen Lage betrifft.

Schlussfolgerungen

Es besteht ein dringender Bedarf, die aktuellen Vorschriften zur Verteidigung und zum Schutz von LGBTIQ-Personen in Bolivien dort zu sozialisieren, wo die Menschenrechte von Menschen mit unterschiedlicher sexueller Orientierung und Geschlechtsidentität weiterhin verletzt werden.

Bei einem historischen Rückblick auf die Rechtsvorschriften des Landes[70] kann festgestellt werden, dass es eine große Anzahl von Rechtsinstrumenten zum Schutz der Menschenrechte von LGBTIQ-Personen gibt.

1.   STADTVERORDNUNG Nr. 131/06 VON SUCRE, VERBIETET AUSDRÜCKLICH ALLE ARTEN VON DISKRIMINIERUNGEN IN DER GEMEINDE SUCRE[71]

Am 12. September 2006 wurde die historische Verordnung Nr. 131/06 von Sucre erlassen, in der zum Ausdruck gebracht wird, dass es sich um die erste kommunale Norm handelt, die ausdrücklich alle Arten von Diskriminierung verbietet, die aufgrund von Rasse, Geschlecht, Behinderung, Sprache, Religion, politischer Einstellung oder anderer Auffassung, Herkunft, wirtschaftlicher oder sozialer Stellung ausgeübt werden, an Orten wie: Hotels, Restaurants, Bars, Cafés, im Internet und jedem Ort der Dienstleistung und gewerblichen Tätigkeit im Allgemeinen. Die Verordnung legt auch fest, dass Hinweisschilder „Gegen Diskriminierung" in allen Ämtern der öffentlichen Verwaltung

---

[70] Auszug aus der Veröffentlichung „Línea base y Guía de herramientas legales internacional y nacionales de protección de los Derechos Humanos de la población con diversa orientación sexual e identidad de género" [Grundlage und Leitfaden für internationale und nationale Rechtsinstrumente zum Schutz der Menschenrechte der Bevölkerung mit unterschiedlicher sexueller Orientierung und Geschlechtsidentität]. PROYECTO IGUALES ANTE LA LEY, CONEXIÓN FONDO DE EMANCIPACIÓN, CAPACITACIÓN Y DERECHOS CIUDADANOS, 2011.
[71] Sucre ist die Hauptstadt des Bundesstaates Chuquisaca und außerdem die offizielle Hauptstadt von Bolivien, wenngleich auch der Regierungssitz La Paz oft dafür gehalten wird.

sowie privat angebracht werden müssen, um diese Handlungen der Intoleranz zu verhindern.

2. MINISTERENTSCHLUSS 0668/06

Im Jahr 2006 trafen sich Leiter und Vertreter des LGBTIQ-Kollektivs, kommerzieller Sexarbeiterinnen und Menschen mit HIV aus verschiedenen Departments wie La Paz, Cochabamba, Santa Cruz, Beni und Tarija an sogenannten Tischen der Arbeit der Departments (MTDs)[72] mit dem Ziel, eine Diagnose der Bedürfnisse dieser Bevölkerungsgruppen zu entwickeln. Das Ergebnis dieser Diagnosen waren vier Dokumente der Departments und ein nationales Dokument, die eine Bedarfsstudie enthalten, und es konnte gezeigt werden, dass die wichtigste Forderung ein größerer Zugang zu einer umfassenden Gesundheitsversorgung mit Kriterien für Qualität und Freundlichkeit in öffentlichen Gesundheitszentren ist.

Am 30. August 2007, wurde das Gesetz RM 0668 erlassen, das darauf abzielt, allen Menschen, die auf dem Staatsgebiet leben, den universellen Zugang und die Versorgung durch Gesundheitsdienste ohne Unterschied bei Qualitätskriterien und Umgang zu garantieren. Kein Umstand, der mit wirtschaftlicher, sozialer, kultureller, sexueller Orientierung und Geschlechtsidentität, sexueller Beschäftigung oder HIV zu tun hat, kann eine diskriminierende Behandlung oder Verweigerung der Bereitstellung dieser Dienste rechtfertigen. Dieses Gesetz RM 0668 ist das erste nationale Instrument, das die Rechte von

---

[72] Mesas de Trabajo Departamentales

Menschen mit unterschiedlicher sexueller Orientierung und Geschlechtsidentität schützt.

3.   STADTVERORDNUNG NR. 249/08 DER GEMEINDE LA PAZ

Am 4. Juni 2008 genehmigte der ehrenwerte Gemeinderat von La Paz einstimmig die Verordnung 249/08, die den 28. Juni zum „Tag der Nichtdiskriminierung sexueller und/oder geschlechtsspezifischer Vielfalt im Gemeindefrieden" erklärt.

Diese kommunale Norm ist der Vorläufer des Obersten Dekrets Nr. 0189, und führt die korrekte Terminologie ein, wobei berücksichtigt wird, dass die gesamte LGBTIQ-Bevölkerung eingeschlossen ist.

4.   POLITISCHE VERFASSUNG DES BOLIVIANISCHEN STAATES

Die politische Verfassung des plurinationalen Staates Bolivien wurde am 25. Januar 2009 durch ein nationales Referendum angenommen und am 7. Februar desselben Jahres verkündet. Die spezifischen Rechtsnormen in Bezug auf die Frage zum Schutz der Menschenrechte und grundsätzlich von Menschen mit unterschiedlicher sexueller Orientierung und Geschlechtsidentität sind die folgenden:

Artikel 14[73]

• Absatz I. Jedes menschliche Wesen hat Rechtspersönlichkeit und -fähigkeit gemäß den Gesetzen und genießt ohne Unterschied die in dieser Verfassung anerkannten Rechte.

• Absatz II. Der Staat verbietet und verurteilt jede Art von Diskriminierung aufgrund von Geschlecht, Hautfarbe, Alter, **sexueller Orientierung, Geschlechtsidentität**, Herkunft, Kultur, Nationalität, Staatsangehörigkeit, Sprache, religiösem Bekenntnis, Ideologie, politischer oder philosophischer Zugehörigkeit, Familienstand, wirtschaftlichem oder sozialem Status, Art der Berufsausübung, Bildungsgrad, Behinderung, Schwangerschaft, oder andere Formen der Diskriminierung mit dem Ziel oder dem Ergebnis, die gleichberechtigte Anerkennung, Inanspruchnahme oder Ausübung der Rechte jedwedes Menschen aufzuheben oder zu beeinträchtigen.

• Absatz III. Der Staat garantiert allen Menschen und Gemeinschaften ohne Unterschied die freie und wirksame Ausübung der in dieser Verfassung festgelegten Rechte sowie der internationalen Gesetze und Abkommen über die Menschenrechte.

---

[73] Aus der deutschen Übersetzung der CPE, der bolivianischen Verfassung von 2009. http://www.bolivia.de/fileadmin/Dokumente/Presse-Medien_Dt%2BSp/Interessante%20Dokumente/CPE_aleman.pdf

5. OBERSTES DEKRET Nr. 0189

Am 1. Juli 2009 trat das Oberste Dekret Nr. 0189 in Kraft, das den 28. Juni eines jeden Jahres zum „Tag der Rechte der Bevölkerung mit unterschiedlicher sexueller Orientierung in Bolivien" erklärt. Obwohl dies ein bedeutender rechtlicher Fortschritt im Rahmen der Verteidigung von Menschenrechten für die LGBTIQ-Bevölkerung ist und im Einklang mit der Verfassung und dem Nationalen Aktionsplan für Menschenrechte steht, weist dieses Dekret ein Rechtsvakuum auf, da es nur Personen mit einer vielfältigen sexuellen Orientierung nennt, nicht aber auf jene mit einer anderen Geschlechtsidentität eingeht.

6. OBERSTES DEKRET Nr. 0213

Dieses Oberste Dekret wurde am 22. Juli 2009 verkündet. Eine seiner wichtigsten gesetzlichen Bestimmungen ist die Festlegung von Mechanismen und Verfahren, die das Recht jeder Person (gleichgültig welcher sexuellen Orientierung oder Identität) garantieren, bei internen und externen Ausschreibungen und Bewerbungen nicht von Diskriminierungshandlungen jeglicher Art beeinträchtigt zu werden.

7. STADTVERORDNUNG Nr. 084/2010

Am 18. März 2010 gründete die Sitzungskammer des Gemeinderats von La Paz den Bürgerrat für sexuelle und/oder geschlechtliche Vielfalt von Transvestiten, Transsexuellen, Lesben, Schwulen und Bisexuellen (LGBTIQ).

Diese kommunale Verordnung legt fest, dass dieser Rat befugt ist, öffentliche Maßnahmen zugunsten von Menschen mit unterschiedlicher sexueller Orientierung und Geschlechtsidentität zu koordinieren, zu formulieren, zu überwachen und in koordinierter Weise durchzuführen.

8.   GESETZ 045: GEGEN RASSISMUS UND ALLE FORMEN VON DISKRIMINIERUNG

Das Gesetz Nr. 045, genannt „Gesetz gegen Rassismus und alle Formen der Diskriminierung", wurde am 8. Oktober 2010 erlassen. Dieses Gesetz ist von größter Bedeutung für die Erfüllung des allgemeinen Ziels dieses Dokuments, da es das wichtigste Rechtsinstrument des bolivianischen Staates in seinen bisherigen Vorschriften ist, denn dieses Gesetz führt zwei Artikel ein, die rechtlich ausgelegt und angewendet werden können, um Diskriminierung von Menschen mit unterschiedlicher sexueller Orientierung und Geschlechtsidentität zu bestrafen.

9.   STADTVERORDNUNG 099/2011 DER GEMEINDE EL ALTO „TAG DES KAMPFES GEGEN HOMO-, LESBO- UND TRANSPHOBIE"

Mit der Gemeindeverordnung 099/2011 bestimmte die Gemeinde El Alto 2011 den 17. Mai zum „Tag des Kampfes gegen Homophobie, Lesbophobie, Transphobie".

Im Auslegungsteil der Stadtverordnung 099/2011 wird festgelegt, dass die politische Verfassung des Staates in Artikel 14, Absatz II Folgendes bedeutet: Der Staat verbietet und sanktioniert alle Formen der Diskriminierung aufgrund von sexueller Orientierung und Geschlechtsidentität oder dergleichen, die den Zweck oder das Ergebnis haben, die Anerkennung, den Genuss oder die Ausübung der Rechte aller Menschen unter Bedingungen der Gleichheit aufzuheben oder zu untergraben.

10. STADTVERORDNUNG Nr. 057/2011 DER GEMEINDE SUCRE: „WELTTAG DER ANTWORT AUF HOMOPHOBIE, LESBOPHOBIE, BIFOBIE UND TRANSPHOBIE"

Die Verordnung Nr. 057/2011 der Gemeinde Sucre, die den 17. Mai zum „Welttag der Antwort auf Homophobie, Lesbophobie, Biphobie und Transphobie", „Gegen Rassismus und alle Formen der Diskriminierung" erklärt, wurde am 25. Juli 2011 verabschiedet.

Diese Stadtverordnung erwähnt in ihrem Auslegungsteil auch die internationalen Instrumente und nationalen Regelungen, die die Menschenrechte der Bevölkerung mit unterschiedlicher sexueller Orientierung und Geschlechtsidentität schützen.

11. STADTVERORDNUNG Nr. 121/2011 DER GEMEINDE SANTA CRUZ „GEGEN RASSISMUS UND ALLE FORMEN DER DISKRIMINIERUNG"

Die Verordnung Nr. 121/2011 der Gemeinde Santa Cruz de la Sierra „Gegen Rassismus und alle Formen der Diskriminierung" wurde am 24. Oktober 2011 anerkannt.

Diese Stadtverordnung erwähnt in ihrem Auslegungsteil auch die internationalen Instrumente und nationalen Regelungen, die die Menschenrechte der Bevölkerung mit unterschiedlicher sexueller Orientierung und Geschlechtsidentität schützen.

12. OBERSTES DEKRET Nr. 1022 „17. MAI, TAG DES KAMPFS GEGEN HOMOPHOBIE UND TRANSPHOBIE IN BOLIVIEN"

Der 26. Oktober 2011 war ein historischer Tag für die Bevölkerung mit diverser sexueller Orientierung und Geschlechtsidentität des plurinationalen Staates Bolivien, wenn man bedenkt, dass die Exekutive das Oberste Dekret Nr. 1022 „17. Mai, Tag des Kampfes gegen Homophobie und Transphobie in Bolivien" erließ.

Das Oberste Dekret erwähnt im Auslegungsteil Artikel 14 Absatz II der Politischen Verfassung des Staates, der alle Formen von Diskriminierung verbietet und bestraft, einschließlich solcher aufgrund der sexuellen Orientierung und Geschlechtsidentität, die den Zweck oder das Ergebnis haben, die Anerkennung, den Genuss oder die Ausübung der Rechte aller Menschen unter gleichen Bedingungen aufzuheben oder zu untergraben.

13. GESETZ Nr. 807 ÜBER GESCHLECHTSIDENTITÄT

Im Mai 2016 ereignete sich eine folgenreiche Episode in der Festigung der Demokratie und des Veränderungsprozesses in Bolivien: Das Gesetz Nr. 807 zur Geschlechtsidentität wurde erlassen.

Das Gesetz, das von LGBTIQ-Gruppen im Land mit Unterstützung des Justizministeriums geschaffen wurde, besteht aus 11 Artikeln und erlaubt transsexuellen und transidentitären Personen über 18 Jahren, ihren Namen und ihr Geschlecht in ihren persönlichen Dokumenten zu ändern. Das Verfahren ist persönlich und vertraulich.

Wie sich gezeigt hat, müssen sowohl die neue politische Verfassung des Staates, Gesetze, oberste Dekrete, kommunale Verordnungen, internationale Verträge, kommunale Organcharta und andere im ganzen Land bekannt sein. Ebenso ist es notwendig, Räume für Reflexion und Dialog mit den indigenen Gruppen des plurinationalen Staates Bolivien zu schaffen, um die Demokratie und die Mechanismen zu stärken, die den Aufbau eines respektvollen und integrativen Landes ermöglichen. Es ist auch notwendig, öffentliche Politik zu betreiben, die eine Kultur des Respekts für Vielfalt fördert, die einen Einfluss auf das bolivianische Bildungssystem, die Massenmedien und die öffentlichen Institutionen des Staates haben, um dauerhaft und nachhaltig gegen Rassismus und Diskriminierung in Form von Homo-/ Lesbo-/Transphobie bei den indigenen Gruppen im Land und in der Gesellschaft im Allgemeinen zu wirken.

Bibliografie

APG – Asamblea del Pueblo Guaraní. 2008. *Plan de Vida Guaraní*. Territorio Guaraní, Bolivia.

Colectivo Rebeldía. 2012. Diversidades sexuales y de género en pueblos indígenas del oriente boliviano (Ayoreo, Guarayo y Chiquitano)". Santa Cruz: Colectivo Rebeldía.

Durango, Julia. 2012. „Las palliris de Oruro" (Blogartikel). Verfügbar unter: http://soniasantoro.com/las-palliris-de-oruro/ [03.06.2012/ 05.01.2023]

El Deber (Bolivianische Tageszeitung), 16.06.2013.

Fernández, Tomás & Tamaro, Elena. 2004. „Biografia de José Avelino Aramayo". In Biografías y Vidas. La enciclopedia biográfica en línea. Barcelona, Spanien: Internet. Verfügbar unter: https://www.biografiasyvidas.com/biografia/a/aramayo.htm [05.01.2023].

La Razón (Bolivianische Tageszeitung), 23.09.2011.

Levy Martinez, Ayda. 2012. *El rey de la cocaína. Mi vida con Roberto Suárez Gómez y el nacimiento del primer narcoestado*. Buenos Aires: Debate.

Mesa Gisbert, Carlos D. 2013. *La sirena y el charango. Ensayo sobre el mestizaje*. La Paz: Fundación Comunidad y Gisbert editorial.

MOCUSABOL – Movimiento Cultural Saya Afroboliviano. 2003. Fortalecimiento del Movimiento Cultural Saya Afroboliviano en la sociedad civil. Boletín informativo. Nr. 1. La Paz: MOCUSABOL.

Página Siete (Online-Zeitung). 2011, 2013. Verfügbar unter: https://www.paginasiete.bo

Periódico Cambio (Bolivianische Zeitung). 11.04.2011.

Pifarré, Francisco. 1989. *Historia de un Pueblo. Los Guaraní-Chiriguano.* Cuadernos de Investigación 31. La Paz: CIPCA.

Puig Borrás, Cristina. 2004. *Pueblos indígenas, ITS, VIH y SIDA. Infecciones de transmisión sexual, VIH y SIDA en comunidades indígenas de Pando: una aproximación a conocimientos, actitudes y prácticas de poblaciones adultas y jóvenes.* La Paz: Family Care International – FCI.

Saignes, Thierry. 1990. *Ava y Karay. Ensayos sobre la frontera Chiriguano (siglos XVI-XX).* La Paz: Hisbol.

Schelchkov, Andrey. 2011. *La utopía social conservadora en Bolivia: el gobierno de Manuel Isidoro Belzu (1848-1855).* La Paz: Plural Editores.

Sanz, Javier. 2010. „Edad moderna. La patrona de las putas." Im Blog *Historias de la historia. La historia contada de otra forma.* Verfügbar unter: http://historiasdelahistoria.com/2010/04/27/la-patrona-de-las-putas; [27.04.2010, 05.01.2023].

Stefanoni, Pablo 2011. "Belzu y la utopía social boliviana". *Página Siete,* 21.08.2011.

Tineo Velasco, Ronal. 2012. "Recordando al 'Tata' Belzu". *El Deber*, 19.09.2012. Verfügbar unter: http://www.eldeber.com.bo/imimpresion.php?id=120919000100 [19.09.2012]

ANHANG 2

Glossar

Ambiente-Club = Orte, an denen Schwule, Lesben, Bisexuelle und Transsexuelle (Transvestiten, Transsexuelle und Transgender) ohne Angst vor Diskriminierung oder Gewalt verkehren, werden „Ambiente Bowling, Ambiente Bar oder Ambiente Nachtclub" genannt.

Ayllu = So nennt sich eine Dorfgemeinschaft im Andenhochland.

Chaco = Der Chaco ist eine trockene Steppenlandschaft, die sich im südlichen Herzen von Südamerika über alle Länder erstreckt: Chile, Argentinien, Paraguay, Bolivien.

Chicha = Getränk aus fermentiertem Mais; im Hochland alkoholisch und im Tiefland normalerweise ohne Alkohol.

Chichería = Der Ort, an dem allein Chicha ausgeschenkt und getrunken wird, eine Chicha-Bar.

Chola = So bezeichnet man die Frauen aus dem Hochland mit ihren wallenden Röcken, Hut auf und Zotteln, Bommeln oder Glocken an den langen geflochtenen Zöpfen.

Compadres = Das sind Paten, die jede*r in Bolivien hat. Sie sind so wichtig wie die ursprünglichen Verwandtschaftsverhältnisse.

Doña = Don und Doña sind die in Bolivien gebrauchten und etwas altmodischen Anreden für „Herr X" und „Frau Y".

Gringo = Gringo und Gringa sind Personen, die aus Europa oder den USA kommen, meist Reisende, oft bleiben aber auch Einwander*innen „Gringos/Gringas" im Land.

Kazike = Die höchste Autorität bei vielen indigenen Gruppen, oft auch im Deutschen als ‚Häuptling' übersetzt. Nicht alle Gruppen haben ein Kazikensystem, andere haben *Jefes*, also Chefs.

Machismo = Auch im Deutschen gebrauchen wir das Wort „Macho" (gesprochen „Matscho"), welches die in Lateinamerika weit verbreitete Attitüde des überlegenen Mannes bezeichnet.

Meme = Das ist eine für das im Moxos-Tiefland jährliche Fest bunt gekleidete Frau, die mit den anderen Figuren der Fiesta tanzt und heute auch Teil des Weltkulturerbes ist.

Pachamama = Die Mutter Erde, ein wichtiges spirituelles Konzept aus dem Hochland.

Saya = Der Saya ist ein wichtiger bolivianischer Tanz, der von den Afrobolivianos stam